石狩七穂のつくりおき

猫は仲間を募集中

竹岡葉月

ポプラ文庫ピュアフル

目次

これまでのあらすじ

派遣切りにあい休職中の石狩七穂《いしかりななほ》は、疎遠になっていた母方の従兄《いとこ》・結羽木隆司《ゆうきたかし》が鬱《うつ》で休職したと聞く。エリート街道まっしぐらのイケメンだった隆司だが、今や祖父の残した古民家・我楽亭《がらくてい》に閉じこもり、盆栽いじりと居ついた猫の相手をするほかは、万年床で寝るばかり。そんな隆司のお食事&見守り当番として奮闘するうちに、七穂は彼が休職した本当の理由を知り、距離を縮めていく。七穂自身も、母親の望むように安定した企業の正社員として働くことができず悩んでいたが、隆司との日々を経て、抜群の家事能力を活かして家事代行サービス『KAJINANA』を立ち上げることに。いくつかのすれ違いのあと、想いを通わせ、ともに暮らすことになった二人だが――。

石狩七穂のつくりおき

猫は仲間を募集中

一章　黄昏《たそがれ》の教室

いきなりだが石狩七穂《いしかりななほ》はおこげが好きだ。

まず焼きおにぎりの味噌や醤油《しょうゆ》が、香ばしく焦げたところは最高だ。ちょっと高めの中華レストランにあるおこげにあんかけが載ってるやつ——あれ正式名称なんて言うんだっけ——も、見かけるとテンションが上がる。ちょっとお行儀が悪いが、カリカリに焼けた塩鮭の皮を、真っ先に剝《む》いて食べるのも好きだ。鉄板の焼きそばやもんじゃは、いい感じにソースの焦げができていてこそだと思う。

そう頑《かたく》なに信じる七穂は、ただいま台所で昼ご飯を製作中だ。

（そろそろいいかな……）

ここ我楽亭《がらくてい》の台所は、敷地の北側に面しており、晴れた昼間でもどこかほんのり薄暗さが漂う。窓辺の空き瓶に挿した庭のツツジの枝だけが、五月という季節の明るさを主張している感じだ。

ガス台のコンロに、ずっしりとした鋳物《いもの》でできたホーロー鍋がかかっている。さきほどまで蓋《ふた》の隙間《すきま》から盛んに蒸気が漏れていたが、火を切った今は中の水分を使い切ったのか、まったく出ていない。

「よし」

蒸らし時間は、充分にとったはずだ。七穂は鍋つかみを手に、蓋を開けてみた。

——お。なかなかいい感じではないか。

内側に閉じ込められていた蒸気がふわりとあがり、肉とごま油の香ばしい匂いが鼻《び》孔《こう》をくすぐった。

鍋の中に入っているのは、塩とごま油で炊いたご飯を中心に、野菜は人参とニラと豆もやし。焼き肉のタレで下味をつけた牛肉も、一緒に入れて炊き込んでみた。さしずめ韓国の、ビビンバ風炊き込みご飯といったところだろうか。

このままでもおいしくいただけるが、どうせならもう一手間かけたい。七穂は冷蔵庫から卵を取ってくる。

(ご飯の真ん中にちょっと穴ぼこを開けて、二人前の卵黄をオンと)

すかさず蓋をし、止めていた火もつけ直す。

しばらくすると、鍋の中からパチパチと、線香花火のような音がし始めた。

これは鍋底でご飯が焼けて、素敵なおこげができる福音《ふくいん》の響きなり。

炊飯器ではやりにくい追加の加熱も、直火《じかび》ＯＫの鍋なら自由自在だった。さらに分厚い鋳物のホーロー鍋は蓄熱性に優れ、匂いもつかず、蓋の重みも相まって圧力鍋なみにご飯がふっくら炊けるのだと最近知った。

仕上げの火入れを終えると、七穂は再び鍋つかみのミトンを両手にはめる。

このホーロー鍋、利点は多いが少々お高いことと、あととにかく重いことが難点なのだ。中身が入った状態の移動は、気合いがいる。

「たーかーし、君！　そっち行くよー！」

廊下を挟んだ茶の間から、「いいよ、おいで七穂ちゃん」と返事がきた。

彼との出会いはもともとが幼少期だったせいもあり、呼び方だけはいまだに小学生のようだなと思う。今さら直すタイミングもないのだが。

七穂は鍋の取っ手をつかんで、早足に茶の間へ移動した。

「ぎゃー、ちゃみ様。そこですりすりしないで！」

わざとか。わざとなのか。

そしてこういう時にかぎって、日頃そっけない飼い猫が、足下にまとわりついてくるから勘弁してほしい。

隆司《たかし》がちょろちょろする茶トラ猫の身柄を確保してくれなかったら、危うく鍋の中身ごと投擲《とうてき》するところだった。

「あ、ぶ、なー……ナイスだ隆司君」

「大丈夫？」

「平気。鍋も無事」

「七穂ちゃんに怪我《けが》ないならいいけどさ……」

あらためてちゃぶ台の鍋敷きの上に、熱い鍋を置いた。

同居人の結羽木《ゆうき》隆司は、養子として結羽木家に引き取られたと聞いている。家系図で見れば七穂の母方の従兄《いとこ》にあたり、築八十年越えの古民家『我楽亭』の相続人だ。一応七穂の恋人でもある。

あまり余計な肉もつかず、日にも焼けない上品なタイプの美形で、世が世なら御簾《みす》の内側で詩作の一つもしていたような雰囲気がある。片や地黒で肉もつきやすく、じっともしていられない七穂とは正反対だ。

国内のいい大学からいい会社に入り、今は海外のＩＴ企業でフルリモートの仕事をしていますと聞けば、羨《うらや》ましがる人もいるかもしれない。どっこい七穂はこの従兄が小利口な坊ちゃん刈《が》りだった頃も、ゴミ溜めで死んだ魚の目をしていた頃も知っているので、別段そのあたりに利点は感じていなかった。

ただどん底にいた彼が彼なりにあがいて這《は》い上がって、同じ頃に悩んでいた七穂も家事代行という道を見つけることができて、一緒に穴から出られた喜びと愛情でもってこの家に暮らしているのだと思う。

同棲《どうせい》を始めたのは、彼が同僚追悼《ついとう》のための地球半周旅行を終えた去年の夏だ。今のところ二人と猫一匹の暮らしは、ひどく緩やかな時間が流れている。

「すごくいい匂いがしてたけど。ごま油？」

「お、鋭いね。今日は目指せ石焼きビビンバだから」

そしてそんな隆司に両脇に手を入れて持ち上げられたままのちゃみ様は、いつもより三割増し細長くなったフォルムで、つまらなそうに「にゃー」と鳴いた。


――とりあえずちゃみ様にはシニア用のカリカリを別途進呈し、七穂たちも昼ご飯にすることにした。

縁側に面した障子とガラス戸を開け放つと、椿《つばき》に囲まれた庭から風が入ってくる。日光浴中の隆司の盆栽鉢と、池の周りに入り浸る外猫たちを愛《め》でながらのランチタイムだ。

ちゃぶ台の上で鍋の蓋を開けると、隆司が目を丸くするからちょっと嬉《うれ》しい。

「え、何。焼き肉屋？」

はっはっは。もっと褒めてくれ褒めてくれ。

ビビンバに割り入れた卵黄も、ほどよく半熟になっており、底の方にしゃもじを入れたら、狙い通りに綺麗なおこげができていた。そうよこれよと快哉《かいさい》をあげたくなった。

取り皿にそれぞれサーブして、鶏ガラスープで作ったわかめスープも付ければできあがりだ。

「キムチとコチュジャンあるから、好きにトッピングして食べて」

「ありがとう。貰《もら》うね」

「いただきまーす」

真っ昼間からキムチもりもりでランチが食べられるのも、今日の七穂が全面オフの日で、隆司の仕事が在宅のフルリモートだからだろう。

スプーンで半熟の卵黄を適度に崩しながら、大口開けてビビンバを食べる贅沢《ぜいたく》よ。

(うん、いい味だいい味だ)

ワンディッシュながら肉も野菜も沢山とれるし、粒がたったご飯に味もよく染み、おこげの香ばしさもちょうどよいアクセントになっていた。

「やっぱこの鍋でご飯炊くと、おいしいわ。おこげ万歳」

「ごめん七穂ちゃん、俺に鍋で炊飯は厳しいよ……」

「いや、別に隆司君にやってもらうつもりはないよ。今日はたまたま時間あっただけだし」

弱気を見せる隆司に対し、七穂は慌てて説明した。

お坊ちゃん育ちの上に、前職を鬱《うつ》の疑いで休職経験あり。家事スキルゼロに等しかった隆司だが、今は炊飯器でご飯を炊き、冷凍食品やレトルトを温められるところまでは問題なくできる。七穂が仕事に出ている時の炊飯当番もやってもらっているが、こんな無茶ぶりを勧めるつもりは毛頭なかった。

「もともとビビンバって、炊き込むものでもないしね」

「そうなの？　そういえばそうだったね」

本来のビビンバなら、炊いた白いご飯に各種のナムルや焼き肉を後のせすればすむ話だった。今回たまたま作り置きのナムルが切れていたので、どうせなら一緒に炊き込んでしまえと味付き肉とナムルの元になる野菜を放り込んでしまったのである。ついでにおこげなども欲しかったので、炊飯器ではなくこの鋳物ホーロー鍋にした。結果的に石焼きビビンバに近しい味になったが、いつもいつもやる手ではないのはわかっている。

ただでさえ鋳物の鍋は重くて取り回しづらいし、ガスで炊くのは火加減や水加減もシビアだし、炊飯器と違って火の側から離れられないのも面倒だ。

ようするに時間と気力が有り余っている時にしか、取れない選択肢なわけだ。七穂は納得して汁椀《しるわん》に手をのばした。
本日の汁物は、簡単に作ったわかめスープだ。鶏ガラスープをお湯で溶いて、刻みネギと乾燥わかめ、塩コショウで味を調《ととの》えた。最後にさっと一回しした、香ばしいごま油も利いていると思う。
お椀を持って口をつけたら、どこからか声が聞こえた気がした。

——ねえ石狩さん。あなたってどんな料理を作る人なの？

ボリュームは小さかったが、近くにいればよく聞こえたたし、聞き取りやすい話し方をする人だった。人に合わせることを知った上で、自分の好みと軸を持つのが、彼女の知恵であり美学だった。
(私は……今も勉強中です)

——陶器より軽くて、金属より口当たりが優しい。だから漆器が好きなの。

よく覚えている。この漆《うるし》のお椀も重い鋳物の鍋も、みな彼女の家にあったのだから。
「……まだ悲しい？」

黒塗りの椀に顔を映して黙りこむ七穂を、隆司が案じて声をかけてきた。

一回粉みじんに壊れた男は、他人のへこみに優しいのだ。いつまでも湿っぽくて申し訳なかった。七穂は首を横に振った。

「そういうわけじゃないの。そういうわけじゃないんだけどね」

ただあの時間が、あの人の話を聞く機会が、もっと続けばいいとは思っていた。叶わないことを知る今は、なおさらやりとりの一つ一つが貴重だった。

七穂は縁側の向こうにある庭に目を向けた。

光が――明るい。

敷地の中でひときわ背の高い庭木は、桜だ。新緑の若い葉を盛んに茂らせている。

最初は向こうの桜もこちらの桜も固いつぼみで、空は冷たい雲に覆われていた。

そこから一つの花の季節を駆け抜けて、低木のサツキやツツジが咲く今になってこんな気持ちを抱えることになるとは思わなかった。

私は本気でした。

だからこそ本当に残念でならないです、師匠――。

＊＊＊

始まりは、たまにひどく冷え込む日もあったので、三月の半ば頃だったと思う。

いい加減もうダウンコートの出番はないだろうと思っていたのに、一歩間違えば雪も降りそうな気温だったのを覚えている。

（うー、寒っ。着るもの間違えた）

七穂は心の中でぼやきながら、メンズのブルゾンの襟元《えりもと》をかき合わせた。

見上げるだけで憂鬱《ゆううつ》になりそうな曇天に向かってそびえるのは、埼玉県南部、S市内にある大規模分譲マンションである。物件の名は『ガーデンパレスさくらの杜《もり》』。駅近、広い敷地内に託児所やクリニックあり。

いわゆるタワマンと呼べるほどの高さはないが、同じデザインの建物が複数棟並んで立っているので、訪問する時は間違えないよう気をつける必要がある。

七穂の職業は、個人のお宅に伺って家事の代行をする、家事代行業だ。ハウスキーパーや家政婦と呼ばれることもある。特に経験やつてがあったわけではない。派遣切り後の求職中に思い立って、『ＫＡＪＩＮＡＮＡ』というサービスサイトを一人で立ち上げた。

基本飽きっぽい人間だが、『お客様一人一人に寄り添ったオーダーメイドの家事』というコンセプトは、移り気な自分の特性にもうまく働いているようで、なんとか今日まで続けられている感じだ。

ファミリー世帯むけのこのマンションは、初期の頃にチラシをポスティングしまくった甲斐《かい》もあり、複数のクライアントが入居していた。

目当ての棟の自動ドアをくぐると、続くオートロックの呼び出しボタンの前に、ずらりと行列ができていた。

(うは。混んでるなー)

列の先頭は、台車を傍《かたわ》らに置いた宅配便業者。その次が、書留を持った郵便配達員。さらに後ろはピザの出前で、もう一人の男性も、たぶん似たりよったりの配送関係と見た。みな住人に用があるのは一緒で、時間帯によってはご覧の通りの有様なのである。

七穂も彼らの仲間には違いないので、粛々《しゅくしゅく》と順番待ちの列に並んだ。

「……あー、くそ」

不意に七穂の前に並んでいた青年が、呼び出しボタンを前にして毒づいた。

七穂と違って、暖かそうなダウンの上にレインジャケットまで着て、防風と防寒対策がばっちりなのは羨ましい。

「これ違うな、隣のB棟だったわ。しくじった……」

手持ちのスマホの画面と何度も見比べながら呟《つぶや》いていて、どうやら訪問する建物を間違えたらしい。

「すみません、お先どうぞ」

「お疲れ様です」

案ずるな、このマンションでは『あるある』だ。譲られた七穂も苦笑しながら、自分の訪問先の部屋番号を押したのだった。


本日のお客様は、九階六号室の前原若子《まえはらわかこ》様。

こちらが訪問するたび、彼女はいつも歓迎の声とともに出迎えてくれる。

「いらっしゃい！　七穂さん。待ってたわあ」

「よろしくお願いします」

「さ、上がって上がって。うちの守護神七穂様よ」

年の頃は、四十代も後半といったところか。ハイネックのセーターにウールのパンツ、膝掛けを腰に巻きつけた後ろ姿は重心が安定してふくよかだ。包容感たっぷりの女性である。

ご主人と高校生の息子さんがいて、在宅で翻訳の仕事をしているという話だった。もう何度も来ているので、お互い慣れたものだった。

「寒かったんじゃない？」

「そうなんですよ、けっこう冷えるんですよ。だから今日の夜は、お鍋とかいかがです？　材料切っておきますんで、あとは火にかけるだけで食べられる感じで」

「ああん、素敵！」

「あとは作り置きのおかず三日分と、洗濯でしたよね」

「そうなの。ごめんなさい、なんとか納品まで一家で生き延びさせて」

「いいんですよ、お仕事に戻ってください。すぐに始めますから」

「愛してるわー、七穂さん！」

若子の専門はロマンス小説の翻訳という話だが、このテンションの高さは締め切り前ゆえだろうか。それとも素なのだろうか。いつも修羅場《しゅらば》の時にしか呼ばれないので、わかりようがなかった。

（とりあえず、洗濯からやるか）

この場合の洗濯とは、通常の洗濯物ではなく、息子さんの置き土産《みやげ》だった。

エプロンと三角巾とマスクをつけて洗面所に行くと、問題のブツがいつものビニール製巾着袋に入れられて置いてあった。

出たな、最臭兵器め——袋の紐をほどき、中に詰め込まれた洗濯物の分類をしていくが、まあ『青春』の汚れと臭いがすさまじい。

(サッカー部かあ……吹奏楽部の部室も大概だったけど、男子の体育会系はひと味違うね)

色が変わった靴下を前に、もはや苦笑しか出てこない。

しかし練習着やジャージはともかく、ユニフォームなどは背番号や名前がプリントしてあり、長持ちさせたかったら洗濯機でガンガンにというわけにはいかないのが厄介だった。

やれることは一応わかっている。共通の泥汚れは、まず洗濯石けんで部分洗い。染みこんだ汗の消臭と殺菌のために、過炭酸ナトリウムの漂白剤に漬け込んで、しかる後に手押し洗いか洗濯機コースに分ければいいはずだ。

スティックタイプの洗濯石けんをすり込んで、グラウンドで付いた酷い泥汚れを簡単に落とす。そこから折りたたみ式の『たらい』にぬるま湯を張って、漂白剤を溶かして洗濯物を全て漬け込んだ。

「よし、しばし待つべし」

馴染ませる間に台所へ行って、料理の方も作ることにした。

まずは、今夜の鍋の下ごしらえだ。

冷蔵庫の中身を、石狩七穂サーチモードでざっくりと確認。白菜と豚バラが多めにあったので、こちらを中心にミルフィーユ鍋にしようと思った。

(むくぞー、むくぞー、どんどんむくぞー)

白菜の葉を数枚むしり、間に豚バラ肉をサンドしていく。それを五センチ幅に切り分けてから、取っ手が取れるタイプの鍋にぎっしりと隙間なく敷き詰めた。

ここで鍋のスープまで入れてしまうと具から水が出てしまうので、下ごしらえはこれでいったん完成とする。蓋をして、冷蔵庫に入れてしまう。

次はそのスープ作りだ。

「お、ラッキ」

食料庫でトマト缶発見。

鍋に入れるスープは、普通に和風を想定していたが、この缶詰を利用することにした。水とめんつゆに、カットトマトの缶詰を混ぜればできあがりだ。

平行して洗濯も進めながら、作り置きのおかずも何品か作る。

さきほどのトマト缶の残りにキノコと玉ネギを足して、鶏もも肉を煮込む。赤いおかずの次は白菜にキノコとベーコンで、クリーム煮。さらにハーブソルトを振った鮭をキノコと一緒にオーブンシートに包んで、レンジ蒸しができるようにした。箸休《はしやす》めのナムルや浅漬けも、端野菜を片付けがてら作ってしまった。

洗濯乾燥機が使えなかったユニフォームをベランダに干し、使った道具もおおむね片付け終えた頃、契約した時間も残りわずかとなった。このあたりの時間配分がうまくいくと、我ながら非常に嬉しい。

ダイニングテーブルの上でおかずの粗熱を取りつつ、クライアントの若子に作ったものの説明をする。

「――というわけで、お鍋は冷蔵庫に入れてありますので、ご家族が帰ってきてから、食べる直前にこちらのスープを回しかけて火をつけてください。十分ぐらい煮ればOKです。ベースがトマトなんで、とろけるチーズとか、お好きでしたらタバスコなんかもかけていただいて結構です。締めは冷やご飯でリゾットとか、早茹《はやゆ》でのパスタなんかも合いますね」

「いつ見ても見事なものねえ……」

「このあたりの作り置き料理は、浅漬けとナムル以外は冷凍できますよ」

若子は耐熱の保存容器に入れたおかずたちを、頰《ほお》に手をあてしげしげと眺《なが》めていた。

しかし、急に何かに気づいたかのようにこちらを向いた。

「どうかしました？」

「あのね、七穂さん、ちょっと私からお願いがあるの。厚かましいかもしれないけど……」

まるで彼女が翻訳を手がけるロマンス小説のヒロインのごとく、熱っぽい眼差《まなざ》しで両手を組み合わせる。

「うちの母のところにも、家事の代行に行ってもらうことってできる?」

「お母様ですか?」

「そうなの。今一人で暮らしてて、私も忙しくてなかなか顔が出せないのよ。七穂さんのお料理なら、母も気に入るんじゃないかと思うの」

なんでも彼女の実母は今年八十歳になるが、元気ゆえに公的な介護サービスも適用されず、ヘルパーなども頼みにくいのだという。

「お家はどちらに?」

「K市のモールの近くって言ったらわかる?」

七穂はうなずく。我楽亭からなら、車で十分程度だ。むしろS市内のここより近い。

「ほんと達者って言えば聞こえはいいんだけどね。でもやっぱり離れて暮らす娘としては、心配なのよ。年相応に疲れることもあると思うし」

「わかります……」

共感を示してうなずきながらも、頭の中では困ったなと思っていた。

(今月の枠、もうどこも余ってなかったよね)

場所は対応エリア内ではあるが、直近の予約はほぼ埋まっていたはずだ。

それもこれも雑誌のインタビューなど受けて、その特需が続いているせいである。一時的なものとは思うが、なかなか波が引きそうで引かない。立ち上げの時期から支えてくれた若子直々の依頼なのに、即決できないのは心苦しかった。

「ね、どう？」

「……ちょっと先になってしまってもいいですか？」

「やっぱり忙しい？　なら来週予約してた私の枠、母に譲るわ！」

そこまでか。

若子は是が非でも、七穂を母親のところに派遣したいらしい。予約枠の譲渡ということで、来週はそちらに行く話になった。

「それじゃ、よろしくね。母には私から伝えておくから」

「かしこまりました」

契約の仕事を終えて、前原家を後にした。

表は相変わらず、真冬に逆戻りしたような冷え込みが続いていて、クローンのような建物が落とす影の上を歩きながら、七穂はしみじみ思ったのだ。

「やっぱ人増やすしかないんかねー……」

増員。海賊船に乗る仲間を増やす。

別に誰でもいいわけでもないのだけれど。

＊＊＊

翌週は予定通り、そのお母様のところへ訪問した。

指定の住所近くのパーキングに、いったん運転してきた車を駐《と》める。

（青桐《あおぎり》、縞子《しまこ》さんだっけ……？）

依頼はここまで全て若子経由で、買い出しを含めた料理と簡単な清掃をしてくれと言われている。こちらが何を提案しても、おおらかな彼女らしく「そうそう、そんな感じ」「すてきー」「いい感じよ！」で通ってしまった。できれば本人とも話したかったが、スマホを持っていないそうで、唯一の通信手段である固定電話もずっと留守電でつかまらなかったのだ。

来る途中に寄ったショッピングモールで、料理に使う食材は全て買ってある。助手席に載せた買い物袋と仕事道具の詰まったトートバッグを持ち出しながら、揉《も》めなきゃいいなと少し思った。

悪いことに、こういう予感はけっこう当たるのである。

青桐縞子の家は、大きな県道から一歩奥に入った、比較的古い住宅地の一角にあった。

青い瓦屋根の一軒家。あまり広くはない庭に、まだ花も咲かない桜の木が一本だけ生えている。建物の築年数は、たぶん若子の年といい勝負だ。きっと彼女が子供の頃に建てたのだろう。

表札の文字を確認してから、七穂は玄関のインターホンを押した。

『……はい、どなた？』

「こんにちは！　家事代行サービス『KAJINANA』の石狩です！」

『セールスは結構よ』

ぷつっと切れる。

いやちょっと待てぃ！

七穂は負けずにまた旧式のボタンを押した。

『警察呼びますよ』

「若子さんから聞いてませんか!?　今日家事代行の者が伺うと！」

小さな『間』があった。

「娘さんからお代はいただいていますし、聞いてないとおっしゃるなら帰りますが、よろしいですね？」

多少けんか腰になってしまった気もするが、それでようやく玄関のドアが開いた。

恰幅《かっぷく》がよかった若子に比べれば、青桐縞子は細身で小柄な女性だった。真っ白くなった髪をボブにそろえ、ゆったりした藍染《あいぞ》めのチュニックに黒いパンツを合わせていた。女子にしては背の高い七穂は、不機嫌そうにこちらを睨《にら》む彼女を、完全に見下ろす形になった。

しかしいきなり物忘れ全開は困りますぞ、青桐縞子様。

「……忘れたわけじゃないわよ。了承した覚えがなかっただけ」

「そういうこともありますね」

依頼する人と作業先が別々で、同意が取れていないことはこれまでもままあった。特に若子は、明るいがなんでも自分ペースで話すふしがある。粘るか引くかは、これもまた状況によりまちまちだ。

今回はどうするのがいいか──。

「家事の代行なんて、本当にいらないのよ。自分のことぐらい自分でやれるわ」

「わかりました。そこまで青桐さんがおっしゃるのでしたら、私は帰ります。ちょっとこの食材には可哀想ですけどね」

道中で買い物してきたビニール袋に視線を落とし、寂しげに微笑《ほほえ》んでみせたら、縞子も思うところはあったようだ。

「……いったい何を作るつもりだったの？」

「筑前煮《ちくぜんに》と、カレイと厚揚げの煮物と、ふろふき大根。あと菜の花が綺麗だったから、胡麻和《ごまあ》えとかどうでしょう」

　どれも若子から聞いた、彼女の好物である。

　縞子はますます眉間の皺《しわ》を深くした。

「ま、いいわ。お上がりなさい」

「本当ですか。ありがとうございます」

「頼んでしまったのは、もうしょうがないものね」

　内心よっしゃとガッツポーズをとる。

　本当にこの世代、役所と病院と食べ物を無駄にすることを忌《い》み嫌っていると思う。

　向こうの気が変わる前に、そそくさと中に上がらせてもらった。

　一階は物こそ多いものの、全体的に綺麗に整頓されていて、本当に掃除も行き届いている感じだ。

「わー、素敵なお宅ですね。私、若子さんにお掃除も依頼されてたんですけど、これじゃ出番なさそうなぐらいですね」

　七穂のポリシーとして、どんなお宅だろうとまず印象を語って褒めることにしている。知らない人間をテリトリーに上げるのは、大なり小なり怖いと思うはずだからだ。

「だから言ったでしょ、必要ないって」

「なら、お風呂の掃除とかいかがでしょう。一回ピカピカにしておくと維持が楽ですよ」

笑顔の提案に、縞子は片眉をはねあげた。

「契約の時間は大丈夫？」

「二時間もあるので余裕ですよ」

「そう。余裕ね。ならせいぜいお手並み拝見させてもらうわ」

一見小柄なおばあちゃまから、強烈な挑戦状をたたき付けられた形だった。やれるもんならやってみろ、ということか。

——よかろう。受けて立つ。

七穂はリングに立つボクサーがガウンを脱ぐ境地で、上着を脱いだのだった。

まずはリングである台所の確認だった。

家事代行業の特徴として、常によそ様の台所で料理をすることがあげられる。これを嫌う料理人も多いが、おかげで飽きずに仕事ができる七穂のような人間もいるのだ。

しかしざっと見た本日の舞台は、頭で組み立てていた献立とあまり相性がよくなかった。

（……けっこう狭いな。グリルなし。コンロは二口か）

煮込む料理が多いわりに火の数が少ないので、効率よく進める必要がありそうだ。コンロ脇の作業スペースも、余裕がある方ではない。

「そういえば青桐さん、電子レンジはどこに……」

「ないわ」

「ない？」

「壊れた後、買ってないの。別になくても困らないし」

悪びれない顔で青桐縞子は言ってのけた。

一人暮らしで食事の温め直しなどはどうしているのだろうと思ったが、疑問が顔に出ていたらしい。縞子が答えた。

「蒸し器があれば、なんとでもなるじゃない。冷凍ご飯も、レンジでやるよりふっくらするし」

「でもさすがに」

「なあに、ないとおかずの一つも作れないの？」

「……いえ、そういうわけではないです。承知しました」

七穂は無理やり己《おのれ》を納得させた。

とにかくないものはないのだ。電子レンジはないし、圧力鍋もないし、むろん自動調理鍋のようなものもない。そして蒸し器はある。魚を焼きたかったら網を持て。そういうことなのだ。

毎度知らないお宅に伺って、初めての台所で何かを作ってきたが、今回のお宅はまた挑戦しがいがありそうだ。そうでも思わないとやっていられない。

（まずは……時間がかかるものからするか）

筑前煮の里芋《さといも》と、ふろふき大根の大根は下茹でが必要なので、こちらを先に切ってコンロ二口を使って茹でてしまうことにした。

その間に残りの根菜を切り、こんにゃくのあく抜きをしようと思ったが、まだコンロが塞《ふさ》がっていた。

（ならレンジで……ちくしょうないんだった！）

慣れない状況で右往左往している七穂を、隣の和室で縞子が茶を飲みながら眺めている。民芸品の置物のようなシルエットだが、その顔つきは冷ややかで、なおかつ目だけが笑っている気がして余計に悔しい。七穂はむきになって里芋に火が通るのを待ち、交代で千切ったこんにゃくの下茹でをした。

大根を茹で続ける一方で、もう片方のコンロにフライパンを置き、筑前煮の鶏肉を炒めていく。さらに根菜類やこんにゃく、干し椎茸《しいたけ》を戻し汁ごと入れ、醬油やみりん、砂糖などの調味料と一緒に落とし蓋で煮込んでいった。

（……ふろふきの大根も……下茹で終了かな）

これは一回洗って、出汁《だし》と醤油で煮直すと。なかなか予定していたペースで進まない。

「ところで代行の方、お風呂掃除の時間は大丈夫？　無理はしなくていいのよ」

「いえっ、やりますので！」

男じゃなくとも二言はないのだ。

筑前煮のめどがたったところでいったん台所を離れ、風呂用洗剤片手に床と浴槽を磨きまくった。クエン酸のスプレーもあったので、鏡と蛇口の曇りもぴかぴかにしてやった。

再び台所に戻ってきて、下ごしらえをした子持ちカレイの切り身を、厚揚げと一緒に甘辛く煮込み、菜の花を茹でてすり胡麻と和えた。

「まあ大変よシンデレラ。あと十分しかない」

「ふろふきの味噌だれ作って、食器洗うだけです！」

小芝居でカウントダウンするのはやめてほしい。

超特急で白味噌と酒と砂糖を鍋で練り、保存容器に移すやいなや、鍋などを洗いにかかった。水切り籠《かご》も小さいので、流し台に布巾《ふきん》を敷いて、ザルを臨時の籠にするしかない。

全ての調理器具をあるべき場所に戻し、シンクを拭《ふ》き上げ、作った料理は大皿や保存容器に整然と並んでいる状態まで持っていく。

「――はい、時間終了」

「お、お待たせしました。食べ方の説明ですが……」

「そんなのいいわ、だいたいわかるから」

「でも……」

いつもはそこまで、責任をもってやってきたのである。

「それよりあなた。石狩さんだった？　これ、よかったら持っていってちょうだい」

縞子は老人らしい動作でゆっくりと立ち上がると、台所の冷蔵庫からプラスチック容器を持ってきて、七穂に差し出した。

「イカと里芋を煮たのよ。余ってるから食べて」

七穂は悲鳴をあげたくなった。

「それはいけません！　そんなの受け取れないです。私はお料理作りにきただけで、逆にいただくなんて本末転倒で」

「本当におばかさんな子ねえ、あなた」

おっとりと静かな声で断言されてしまった。

確かに石狩七穂、二十七歳。才気煥発《さいきかんぱつ》とは縁の無いルートをたどってきてはいるが――。

「私ならこういう時、喜んでいただくけど。次に伺う時の、格好の研究材料なのよ？」

それはつまり、この次も呼んでやってもいいと言いたいのだろうか。

なんともわかりづらいお人だ。偏屈だし嫌みっぽい。しかし反論するわけにもいかず、次の訪問先をイカと里芋の煮物と一緒に回ってから家路についたのだった。


夕飯は家に食材も作り置きのおかずもあったが、その煮物を食べてみることにした。

我楽亭の慣れた台所に突っ立って、くだんの保存容器を凝視している七穂を、隆司が心配して声をかけてくる。

「……七穂ちゃん、どうかした？」

「んー……」

小鍋で温める選択肢はあったが、七穂は黙って中身を皿に移し、あえて電子レンジに突っ込んだ。

「くらえ、文明の利器！」

ばちーんとドアを閉め、スイッチを押してやる。中でイカの皮が弾ける音がした。

やはり鍋か蒸し器にしておけばよかったか。

そうして温めたイカと里芋の煮物に、味噌汁と棒々鶏《バンバンジー》が本日の夕飯だ。

「――あ、これおいしいね」

里芋を一口食べた隆司が、小さな声で呟いた。七穂も同意だった。

確かにおいしい。イカこそ七穂のレンチンのせいで少々硬くなってしまったが、ねっとりした里芋にイカの旨味《うまみ》がよく染みている。塩気もご飯が進むが辛すぎることもない、絶妙な塩梅《あんばい》だ。

でも、それだけではない。この味は――。

「なんかいつもと味付けが違うね。母さんが作ってたのに、ちょっと似てるよ」

「へえ、そうなんだ」

「べ、別に七穂ちゃんと比べてどうって言いたいわけじゃないよ」

考え込むあまり平坦な声で返す七穂に、慌てて隆司がフォローしようとしている。

だが、言いたいことはよくわかるのだ。どちらが上というわけではなく、これはただ単純に『違う』のだろう。

ついでに縞子が何を言いたいかも、一発でわかってしまった。

「ぐぬぬぬ……」

「だからごめんってば」

こんな形で指摘されなければわからないなんて、本当に家事代行のプロ失格だ。

＊＊＊

翌週、また若子から縞子の所に行ってくれと依頼が来たので、答え合わせのつもりでお宅を訪問した。

「――青桐さん、煮物にお出汁入れないんですね」

一階の和室からは、庭の桜が見えた。花曇りの空に薄紅の花が咲き、縞子はそれを見ながらお茶を飲んでいた。

縞子の答えは『イエス』だった。

「和食なら、なんでも出汁ってわけじゃないのよ。お魚とかお肉とか、それ自体にいいお出汁が出るものは、余計なものを足したくないってだけ。好みの問題」

「すみません。私が習ったのは、出汁も入れるタイプだったので」

筑前煮もカレイと厚揚げの煮物も、引き出しにあった顆粒《かりゅう》だしを使ってしまった。醬油もあの味付けを基準にすると、かなり控えめだった気がする。

「ねえ石狩さん。あなたってどんな料理を作る人なの？」

あらためて聞かれ、七穂は戸惑った。すぐには答えられなかった。

「わからない？　考えたこともない？」

「それは……栄養のバランスがよくて食べやすい、できれば温め直してもおいしい料理……を目指してはいます」

「自分の味。自分の作り方でってことね」

「いけませんか……？」

妙に引っかかる物言いだと思ったのは、図星だったからかもしれない。

どんな場所でも、自分なりのやり方で臨機応変に対応するのが、七穂の特技でありアイデンティティーだったのだ。これがあるから、『ＫＡＪＩＮＡＮＡ』を続けてこれたと言っていい。

「いけなくはないわ。でも石狩さん。あなたが作るのは、よそのお宅の『家庭の味』でしょ？　お店のご飯作ってるつもりなの？」

——正直、かなりぐさっときた。

「自分の軸はね、いくらあってもいいの。大事に大切にしてあげて。ただ正解が沢山あるものに関しては、お相手の好みに合わせることも覚えていいんじゃない？　全部わたしがわたしがじゃなくて」

「おっしゃる通り、かもしれません……」

出汁の入れ方一つとっても、この有様なのだ。

でも、今回のように手料理が直接食べられる環境ならともかく、他人がいきなり合わせようとしても、付け焼き刃《ば》になるだけでは？　そういう反発心も少し湧いた。

「なかなか難しいです。へたに迷うと、単に微妙なだけの料理になりそうで……」

「心配することないわ。ちょっとしたヒントを貰うだけだから。伺ったお宅をよく見て、観察しなさいな」

「観察ですか……」

「そう。材料は沢山あるはずよ、おばかさん」

一言で言えば、偏屈おばあちゃんからの、耳が痛いお説教。しかし諭してくれた縞子の言葉が、ずっと頭に残り続けていた。悔しいぐらいに。


ある時七穂は、新規の客先を訪問した。

クライアントは、育休中だという二十代の女性だった。

家で祝える結婚記念日のメニューをというのが、今回受けたリクエストだった。

「ほんと、『ＫＡＪＩＮＡＮＡ』の予約取れて最高に幸せですー。一度頼んでみたかったんですよー」

建てたばかりだというスパニッシュな注文住宅に住み、最先端のアイランドキッチンから見えるリビングは、可愛《かわい》らしい女の子のためのベビー用品でいっぱいだ。クライアント自身もゆるいパーマのロングヘアにピンクベージュのセットアップと、どことなく甘い雰囲気の格好をしていた。

「毎年お店でお祝いしてたんですけど、今年は子供も生まれちゃって難しくて」

「わかります。手が回らないですよね」

期待と喜びに満ちあふれた女性の視線を一身に浴びながら、七穂は鯛《たい》の煮付けに使う砂糖を探していた。

「本条《ほんじょう》様。お砂糖って、どのあたりにありますか？」

「お砂糖ですか？　えーっと、確か一番端のつり棚に入ってるはず……」

「つり棚ですね。あ、ありました。ありがとうございます」

最新鋭は最新鋭で、収納が収納に見えなかったりしてトラップが多いのだ。

ようやく棚の中から砂糖のポットを探しだし、大さじを使って取りだそうとするが、その手応えが異様に硬い。がりっと音すらした。

（もしかして、これ……）

一つの推理が頭をよぎった。

この湿気《しけ》た砂糖の固まりよう。ひょっとしたら、ふだんからほとんど使っていないのかもしれない。

他の調味料を探してみても、代用できる蜂蜜《はちみつ》も黒砂糖もジャムもなかった。せいぜいがみりんぐらいだ。

ご主人は日本酒好きだと言っていたし、調理酒はかなりいいものを使っていた。醤油は薄口と濃い口を使い分けている。

――たぶんこの家、甘い味付けはあまり好きじゃないのかも。

奥様のファッションやインテリアの甘い雰囲気に、引っ張られてはいけない気がした。

ならどうするべきか。七穂は少し迷った末、煮物に入れる砂糖の量を、半分にしてみた。かわりに出汁の方は、かなり強めに利かせる。

(私は甘めの方が好きだけど)

でも、他人の『家庭の味』を作るというのは、自分を押しつけることではないというから。正解はご家庭のキッチンの数だけあるはずだ。

その日の業務は無事に終わり、後日、クライアントの女性からお礼のメッセージが来た。

『ありがとうございます、石狩さん！　どれ食べてもめちゃくちゃおいしかったです！』

感謝の言葉と一緒に、家族三人で結婚記念日を祝う食卓の写真が添付されていて、移動途中の車の中でうっかり涙腺に来るほどだった。

『特に鯛の煮付けと、紫蘇《しそ》がたっぷり入った甘くないお稲荷《いなり》さんが最高でした！　塩味のいなり寿司ってあるんですね。主人も日本酒と一緒にばくばく食べてて、ちょっと悔しかったです。私も授乳が終わったら、石狩さんの料理で一杯飲みたいって思いました！』

(うん、途中で路線変更したんだよ。うまくいったならよかった)

砂糖控えめの煮魚も、塩味の変わり稲荷も、初めから考えていたわけではなかった。家の調味料から傾向を察して調整したのである。

自分の『おいしい』は、この先も信じてもいいかもしれない。でもそこから一歩だけ相手に寄り添う。ヒントはその家の中から教えてもらう。

なんとなく、家事代行で食べていきたい人間として、一歩階段を上れたような気がしたのだ。

＊＊＊

その後も青桐縞子の家には、何度か通った。

小さな庭の桜が満開になり、それが花吹雪《はなふぶき》となって散ってしまっても。若子を通じて呼び出しがあればまず断らず、優先的にはせ参じた。

たぶん予感があったのだと思う。この人から学べることは、全部学ばねばと。


「――ちょっとちょっと、それをスポンジでこする人がありますか！」

いきなり縞子に叫ばれ、七穂は洗剤で手を泡だらけにした状態で固まった。

（な、なに。何がまずい？）

昼食後の後片付けを頼まれたのだが、久しぶりに血相を変えて飛んでこられてしまった。

こちらの手元には縞子が味噌汁を飲んだ後の、黒い汁椀があった。

「素材をよく見なさい。漆器なのよ」

「シッキ……？」

「漆器って言ったら漆器よ。漆の器」

「ああ、漆ですか」

やっと合点がいく。

七穂のイメージの漆器と言えば、伝統工芸で、金箔《きんぱく》や螺鈿《らでん》がちりばめられた、つやつやと絢爛《けんらん》豪華なものである。

対して縞子がわかめと豆腐の味噌汁を飲んだこのお椀は、黒い表面もずっとマットで、光沢もない。潔いほどに装飾という装飾がそぎ落とされていた。

（へえ。こういう素朴な感じの漆器もあるんだね）

木製の食器は手洗い推奨という、最低限のセオリーは守っていたつもりだが、手で洗っても駄目とはどういうことだろう。

「あなたひょっとして、漆の食器とか扱ったことない？」

「すみません。実はないです」

「近頃の子はほんとにもう……」

おばあちゃんに嘆かれてしまった。

言い訳をさせてもらうなら、七穂の家はずっと共働きで、身近だった祖母も年を取ってから単身上京してくるような人で、本物の漆器を普段使いしているようなタイプではなかったのだ。

仕事先で伺う家庭も忙しい人たちが多く、とにかく割れずに食洗機などにも耐えるタフな器が尊ばれていた。

「スポンジも駄目というと、どうやって洗えばいいんです?」

「基本は人間の手と一緒だと思えばいいわよ。あなた、タワシやスポンジで手は洗わないでしょ?」

縞子いわく、生きた人間の手と同じように、中性洗剤と柔らかい布巾で優しく洗い、ゆすいだらすぐに拭くのだという。

「硬い食器と一緒に洗うと傷がつきやすいから、洗う時は漆の器が一番先。こびりつきを取りたい時は、軽く水につけてからね」

「なるほど。繊細なんですね……」

「そういう『面倒』の言い換えで、『繊細』の言葉を使うんじゃないの、おばかさん」

青桐縞子は相手のごまかしを許さず、怠《なま》けた言い分も認めなかった。こういう時の『おばかさん』は、七穂自身も身が引き締まって嫌いではなかった。

「ふだんは丈夫なプラスチックの食器だったとしてもね、お重や慶弔《けいちょう》用の食器は塗り物ってお宅はまだまだ多いわよ」

「確かにそうですよね」

「古くさいのも手間がかかるのも承知の上で、でもこれがいいって使ってるご家庭だって沢山あるの。あなた、いちいちこんなの時代遅れですって言うつもり?」

「言いませんそんなこと」

「だったら覚えなさいな。どこのお宅に伺っても困らないように。手数は一つでも増やしておくにこしたことはないんだから」

家事労働を提供しているのは七穂のはずなのに、その倍は受け取るものがあった。

「それで? 石狩さん。今日は何を作るつもりなの?」

「豆腐ハンバーグなんていかがです? ソースは和風のキノコで」

「ああ、その思い込みもやめてもらいたいわね。年寄りだからって、なんでも豆やキノコでヘルシーにすればいいってものじゃないんだから。冷蔵庫に牛ひき肉があるから、そっちにしてくれる?」

「食べづらくありません?」

「つなぎにじゃがいもでもすりおろして入れれば、口当たりだって柔らかくなるわ」

ちょっと待って、じゃがいもだと?

正味二時間の間に聞き逃せない大技小技がばんばん発信されるので、片時も気が抜けなかった。とりあえずハンバーグに芋を入れるのは、家でも確かめてみることにした。

(ほんと何者なの、青桐縞子八十歳)

終わる頃には、頭の中が注意メモでいっぱいになり、車のハンドルを握るのもぐったりするのだ。それもたぶん心地いい方向で。


「いらっしゃーい、七穂さん！　待ってたわ！」

ある日久しぶりに、娘の若子の方の依頼が来た。

S市の『ガーデンパレスさくらの杜』を訪問すると、例のふっくらと恰幅のいいマダムが出てきて歓待してくれた。

「こんにちは。よろしくお願いいたします……」

「しばらくぶりよねえ、うちに来るのは。母の方を優先してお願いしてるから、そんな感じもしないけど」

なんというか、親子でこうも光量が違うものかと思う。あちらが薄曇りの黄昏時なら、こちらは真昼の陽光。思わずまぶしいと目をつぶりそうになる。

彼女はリビングまでやって来て、ふと神妙な顔をした。

「ねえ、大丈夫？　うちの母、かなり気難しい人でしょ。七穂さんにも失礼なことを言ってない？」

「そ、そんなことないですよ」

「本当?」

むしろ道場でしごかれる人の気持ちがよくわかるというか。

かろうじて風呂掃除や窓拭きといった肉体労働で還元してはいると思うが、お金を払うべきは先方ではなくこちらじゃないだろうかというレベルで指導を受けてしまっている。

「あの人ね、昔は家政婦をやっていたのよ」

「……青桐さんがですか?」

「そう。若い頃は大きなお宅に住み込んで、結婚してからは通いであちこちに伺っていたわけ。けっこういい顧客がついていたみたいだから、今でも年賀状とかすごいのよ。議員さんとか社長さんとか、子供の頃に世話になったみたいで」

あの大量の知識や家事に対する考え方は、そこから来ていたのか——。

「おかげで人を家に入れると、あらばっかり目についてしょうがないみたい。私もびしばし言われて辛かったわあ。さすがに七穂さんに文句はつけられないみたいね。よかったわ」

若子は色々と誤解していると思う。七穂はそんなに大した人間ではないし、縞子は七穂であろうがびしばしだ。

しかし七穂としては意外というよりも、これまでの言動に関して腑《ふ》に落ちる思いだったのだ。

　次に会ったら、絶対ネタにしようと思っていた。

「――青桐様、家政婦をやってらっしゃったんですって？」

　家に訪問するなり聞いてみたら、縞子は初対面の時を思わせる渋面になった。

「しかもただの家政婦じゃなくて、超凄腕《すごうで》。千の顧客を持つハウスキーパーだったとか」

「なんなのその、物騒な殺し屋みたいな通り名は」

「格好良くありません？」

「ありません。だいたいお客様の素性を探るのは厳禁でしょう」

「わかりますけど。でも、これは言っておいてくださってもよかったんじゃないですかー」

　世の中には、こんな凄い野生のプロ主婦もいるのかと思っていたが、そうではなかったのだ。同業の大先輩なら納得だった。

「言っていたらなんだったの」

「安心して師匠とあがめられますね」

「やめてちょうだい。そういうの嫌いなの」

鳥肌とばかりにブラウスの袖《そで》をさする縞子の後について、家の中に入った。台所を覗《のぞ》くと、なぜか戸棚という戸棚が開いており、中身が全部床に出されていた。思わず縞子の顔を見返した。

「……泥棒にでも入られたんですか？」

「ちょっといるものと、いらないものを整理しているところだったのよ」

縞子なりの基準で積み上げられているという、『いるもの』『いらないもの』の山があった。

まずは三合炊きの土鍋。鋳物製のホーロー鍋。鉄のフライパンはどれも『いらないもの』らしい。魚のウロコ取りにチーズおろし器も、『いらないもの』だった。

お客様用の食器と大皿や大鉢も、潔くそちらに寄せてある。

「立派なお皿なのに……」

「だからよ。どうせもう、おもてなしするようなお客なんて来ないでしょうし」

皮肉たっぷりな口ぶりも、なぜか縞子が言うと痛快に聞こえるのが不思議だった。

かわりに残したのが、フッ素樹脂加工のフライパンに、小さめの雪平《ゆきひら》鍋、そしてステンレスの両手鍋ということか。あとはレンジがわりの大事な蒸し器。

七穂が洗った漆の椀やお盆も、全て『いるもの』に並んでいた。

「青桐様のお気に入りですね」

「そうね。気に入ったから、少しずつ集めたのよ」

縞子は黒塗りの飯椀を一つ手に取って、皺深い目を細めた。

いつもの厳しいまなざしが、シンプルな器一つで掛け値なしにやわらかくなる。本当に好きなのだろう。

「漆器のいいところって、なんですか？」

「軽いところ」

即答だった。

「軽さですか？」

「そう。とにかく軽さが正義。この年になるとね、重いのがとにかく煩《わずら》わしいのよ。陶器より軽くて、金属より口当たりが優しい。だから漆器が好きなの」

憧れるのは、年輪を重ねた樹木のようにしっかりとした軸があって、スタイルがあるところかもしれない。その上で日常に溶け込むしなやかな知恵がある。

「石狩さん。あなた、この中で欲しいものはある？」

「え、私は――」

固辞しようと思ったが、縞子の顔つきを見て、素直に受けることにした。ようは『手数を増やせ』と言いたいのだろう。

どれを持っていってもいいと言われたので、『いらないもの』コーナーから、鋳物のホーロー鍋を引き取った。

「これがいいの?」

「私、持ってないので」

熱伝導がよく、じっくり煮込む料理には最適らしい。しかし七穂はこれまで、積極的に手を出してこなかった。

評判の良さは耳に入っていても、値段的になかなか手が出しづらかったし、どうせなら圧力鍋で時短もできる方が、七穂の性には合うと思っていたのだ。

しかし縞子のように『私にはこれ』と他の選択肢を手放せるほど、経験豊富なわけではない。なら今はなんでも試して、幅を広げた方がいいのだろう。

次のオフの日、さっそくそのホーロー鍋を使って、料理を作ってみた。

(やっぱり重いな)

手に持つたびに思う。特に鍋と同じ素材の蓋の、金属の塊《かたまり》を扱うような重量感が気になる。毎日土鍋と過ごすような感覚だろうか。

ものは煮込み料理の王道、ビーフシチューとした。

せっかくだから持っている圧力鍋と作り比べてみようかと思い、材料も倍量用意した。

まずみじん切りの玉ネギとセロリをバターで炒め、塩コショウと小麦粉をはたいた牛バラのかたまり肉に焼き色をつけるところまでは、ほぼ一緒だ。

半分を圧力鍋に入れ、もう半分を貰った鋳物ホーロー鍋に入れた。

赤ワインとトマト缶を入れたところで、さっそく違いが出てきた。

「お、こいつなかなか生意気だな」

ホーロー鍋君のレシピの方は、水もコンソメもいらないと主張したので、圧力鍋君の方だけお水とコンソメキューブを足した。

一緒に火をつける。沸騰させてワインのアルコール分を飛ばした後、圧力鍋は加圧二十分。これで肉が柔らかくなったら、大きめに切ったじゃがいもや人参などを入れてさらに加圧五分。めでたく野菜も柔らかくなったら、デミグラスソース缶と塩コショウ、ウスターソースと蜂蜜で味を調え、軽く煮込めばもうできあがりだ。

一方ホーロー鍋は、まだ肉を柔らかくするべく弱火でことこと煮込んでいる状態だった。一時間はがんばって煮込んだ後、重たい蓋を開けて芋や人参を入れることがようやく許され、残りの調味料などと一緒にまた蓋をして煮ること三十分。ようやく完成と相成った。

（煮るだけで一時間半か……時間ある時しか作れないな）

とりあえず、両方食べてみることにした。

隆司との夕飯に、カレーパーティーよろしくビーフシチューの皿を並べた。

「……ええっと、どっちが何なの？」

「どっちもビーフシチュー。単に作り方が違うだけ」

隆司がすっと無表情になった。変な女の変な実験につきあわせてごめんよと思う。ただでさえ食には保守的な奴なのに。

「ちょっと違いを知りたいの。感想聞かせてくれると嬉しい」

「わかった、善処する……」

まずはいつも作っている、圧力鍋のバージョンから食べてみた。

続いて、一時間半かけた鋳物ホーロー鍋。

「……これ」

「うん……」

材料は一緒のはずなのに、違いはかなり明確だった。

圧力鍋の方が、あっさりさっぱりしている。一方ホーロー鍋のシチューは濃厚で、肉自体への味の染み具合も段違いだと思った。

「こっちはさらっとしてるね。肉は同じくらい柔らかいんだけど」

「加圧で一気に処理したからね。組織は壊れて柔らかくなってるけど、旨みの点ではホーロー君のレシピかなあ。コンソメ足しても水で薄まったぶんが挽回《ばんかい》できてないや」

食べながら七穂は考える。

鋳物ホーロー鍋は、あの鈍器のような分厚い蓋で重しをして、長時間じりじり野菜の水分や肉の旨みを引き出していったのだろう。

圧力鍋で同じ感じを目指すなら、とにかく根気強く煮詰めるに限るが、そうすると時短という利点をほぼ捨てることになる。

「……七穂ちゃん。眉間に皺が寄ってるよ。ちゃんとおいしいよこれ」

「わかってるよ。そのちゃんとおいしいのが、わかっちゃったのがあれなのよ」

本当に縞子が言う通り、食わず嫌いはするものじゃないと思った。

圧力鍋の短時間で火を通す機能は本当に便利で、これからも適材適所で便利に使っていきたいと思う。一方で訪問するお宅でこの手の鋳物ホーロー鍋を見かけたら、使わない手はないと思った。重たかろうが完成に一時間以上かかろうが、最初にうまく段取りを組めればこういう上等なメインができあがるのだから。

（縞子さままですわ）

幅が広がる。手数が増える。引退させておくのがもったいないぐらいだ。

——なら、復帰してもらったら？

その啓示は突然天から降ってきた。七穂は自分の考えに息をのんだ。

一度思いついてしまったら、簡単に取り消すことも難しかった。よそのお宅に行っても、帰ってきても一緒。ずっと頭の片隅でそのことが回り続けて離れない感じだ。

朝、飼い猫に見守られて障子を開けて、朝の光を取り入れる。この時季、我楽亭で一番の花の盛りは白のハナミズキ、そして蘇芳色《すおういろ》から名付けられたハナズオウになっていた。

最近は七穂が仕事着のポロシャツの上に羽織《はお》るのも、軽い素材のスプリングコート一枚だ。

その日七穂は、一つ心に決めて青桐縞子のところを訪問した。

「今日はそうね。お庭と玄関の掃除と、夕食作りをしてくれる?」

「かしこまりました!」

「声が大きいわよ。それじゃ、後はよろしく」

始めた当初は常に目を光らせて、変なところがあればすぐに口を出してきた縞子だが、最近は完全に任せてもらえる場面も増えたと思う。こちらの腕が上がってきているのだとすれば、こんなに嬉しいことはない。

七穂は庭の草を抜くべく表に出た。

こちらの貴重な植木であるソメイヨシノも、すっかり花が散って葉が茂っている。

庭の隅に吹き溜まっていた花びらなどを掃いていると、和室の縞子が見えた。

彼女は座椅子《ざいす》に座って、本を読んでいるところだった。

なんの本を読んでいるかと思えば、源氏物語だ。しかもアーサー・ウェイリーの翻訳版。

老眼鏡をかけた縞子が、読書の途中で顔を上げた。

「さぼってても雑草は抜けないわよ、おばかさん」

皮肉ではあるが、親しい者への軽口に近く、怖くはなかった。

言うなら今だと、直感が告げた。

「青桐さん」

彼女が平安の世界に戻る前に、思い切って切り出した。

「なあに？」

「うちで働きませんか」

ずっと考えていたのだ。

この人の知識も技量も、埋もれさせていいものではない。そして七穂の『KAJI NANA』は稼働がいっぱいで、一緒に働ける仲間を常に探していた。

「もう一度、お客様のところで腕をふるってみませんか。きっと喜ばれる方が沢山いると思うんです」

　縞子は老眼鏡の奥で、何度も目をしばたたかせている。

「……ちょっと、冗談でしょ」

「いいえ、冗談なんかじゃないです。真面目《まじめ》に復帰してほしいんです」

「年を考えてよ。私なんてもう、八十のおばあちゃんよ」

「家事全般こなさなくてもいいんですよ。たとえばお料理に特化して、短時間だけでもお願いできませんか」

　こちらの本気を示して熱心に頼めば、検討ぐらいはしてくれるのではないかと思った。

　しかし縞子は、途方に暮れた顔をするばかりだった。

「だめですか?」

「……本当に困るわ。そんな急に言われても」

　いつもの小言や皮肉が絡む余地もなく、急に一回り小さくなった感じで、七穂は慌てた。

「すみません、不躾《ぶしつけ》なことを言って」

「困るのよ」

アプローチを間違えたのだろうか。

縞子は老眼鏡のつるを押し上げ、読みかけの源氏物語をまったく別のページから読み始めた。それ以上の交渉は、とてもではないができそうになかった。

＊＊＊

自分が終日一人で食事をすませるようになったのは、いつからだろうか。縞子は試しに指折り数えてみたが、夫が亡くなって以降なので、早いものでもう十年以上たつことに驚いた。

その日の夕食は、揚げ出し豆腐とつみれ汁に、玄米ご飯と自家製の糠漬け《ぬかづ》だった。

メインと汁物は、娘の若子が派遣したハウスキーパー、石狩七穂が作った。豆腐と付け合わせの茄子《なす》やシシトウはあらかじめ揚げておき、食べる時に大根おろしの入った出汁と一緒に小鍋で温め直せるようにしてあった。彼女も電子レンジがない料理の対応に、ようやく慣れてきたようだ。味付けに押しつけがましさもなく、後のせした生姜《しょうが》も利いていて食べやすい。

七穂はまだ独身の若い娘で、代行の派遣会社には登録せず独立してやっているらしい。

大抵のヘルパーやハウスキーパーは、縞子の簡単な指摘を嫌って逃げ出してしまう。お願いだから今度は静かにしていてと若子に言われているが、続くかどうかは七穂しだいだろう。今のところ、あの暑苦しいやる気に満ちた娘が、引く気配はなさそうだ。指摘に逃げ出すどころか、むしろ前のめりになって質問攻めにしてくる始末なのだ。

夕食を腹八分目に食べたら、食器に米などがこびりつかないよう、すぐに台所へ持っていって洗ってしまう。

(面倒だ手間だって言われるけどね、たったこれだけでなんにも難しいことはないのよ)

洗った塗り箸と茶碗と飯椀は、やわらかい布巾で水気をぬぐって所定の引き出しへしまう。

最近食器や道具の選別をしたので、重ねた皿を下から取り出す苦痛からも解放された。これからはこうやって、少しずつ数を絞っていく時期なのだろう。

仕事で大阪に暮らしている長男などは、何度か一人暮らしをしている縞子を呼び寄せようとしたが、苦労して建てた思い出のある家を離れるのが嫌で、ずっと断り続けている。

もう年なんだから。意地をはらないで言うことを聞いて。最近の子供たちの発言は、縞子を年寄り扱いするのを通り越して、ほとんどお荷物扱いだ。しかし今日はどうだ。

——真面目に復帰してほしいんです。

あの七穂に、一緒に働かないかと誘いを受けた。いわゆるスカウトだ。

（——ばかね私ったら。おだてられて調子にのるの？）

一瞬高揚しかけたものの、我に返って縞子は苦笑した。

思いがけず声をかけられたものだから、まだまだ自分が昔のままな気になってしまった。本当に人を惑わせるのは、ほどほどにしてほしいものだ。

それでも孫のような年齢の七穂と共に、活き活きと働く自分を想像するのは、悪くない夢だった。本当に悪くない。

きっとそこでの自分は疲れることなく働け、お客様とそのご家族を笑顔にし、腰痛も息切れもないのである——。

＊＊＊

まずはガソリン代が一枚。続いて交通系ＩＣカードのチャージ代も一枚。

「さらに消耗品関係が、三まーい……」

離れのサンルームでグランドピアノの下にもぐりこんでいたら、入ってきた隆司に飛び上がるほど驚かれた。

「あ、隆司君。はろー」

「な、何やってるの七穂ちゃん」

「何って、レシートと領収証の整理」

ピアノの下から答える。

税金の申告は税理士さんにお願いしているが、日々の帳簿付けは自分でやらねばならず、ためこまずにやる気を引き出すために、ありとあらゆる手段をこうじることになるのだ。たとえばいつもと違う、斬新《ざんしん》な場所に身を置いてみるとか。

「……七穂ちゃんも、書斎作るべきかもね」

「いやー、たぶん作ったところで居着かないと思うよ」

思えば受験勉強も図書館とファーストフード店、あるいは塾の自習室でしかやれない女であった。これは経験に基づく予測である。

そういうわけで神妙な顔で経理アプリに数字を入力している七穂を、サンルームの戸口に立つ隆司は、怪人か妖怪でも見るかのように遠巻きにして眺めている。そんなにびびるなよと思う。寄ってくればハグぐらいはしてやるのに。

「わかった。とりあえずがんばって」

「あとでプリンター使わせて。請求書印刷したいから」

隆司の書斎というかリモートワーク用の仕事部屋は、七穂がいるサンルームの隣にある。

ドアを開けたまま隆司は書斎に戻り、七穂は目の前の作業を続ける。

細々した事務仕事ではあるが、一月《ひとつき》の仕事の流れと成果は把握できるので、完全な外注ではなく自分でやる部分があるのは、そう悪いことでもないと思っている。

それにしても――。

「しくじったなー……」

直近の売り上げ先一覧を見ながら、思わず独り言が漏れる。

そしてこれ、誤解されたらまずいなと思い、書斎の隆司に向かって補足した。

「あのね、別に大したことじゃないから！　ただちょっと、大事なお得意様に切られそうな予感がして鬱になってるだけだから……あああああ」

「本当に大丈夫？」

「放っといて。今は好きなだけ落ち込みたいの」

「わかったよ……」

気になっていたのは、数日前に訪問した縞子の件だ。

意を決してスカウトを持ちかけたが、彼女の反応は芳《かんば》しいものではなかった。あんなに困った顔の縞子を見るのは初めてだった。

（いい案だと思ったんだけどな……）

できることならもう一度、今度はきちんと資料もそろえて説得に上がりたいところだが、嫌がられているなら追いすがるような真似《まね》はやめるべきなのだろうか。しかししんどい。

いつもなら娘の若子から、そろそろ次の予約が入っていい頃なのに、それがないのも『やらかした』感に拍車をかける。

考えるほどに落ち込んできて、ピアノの下でふて寝していると、近くのスマホが鳴りだした。

通話の着信。番号は――前原若子だった。

ふて寝から一転、一気に目が覚め、まとめた領収証をまき散らしながら起き上がったら、ピアノの底に頭をぶつけた。

「ぅおあう、いったあああ！」

「七穂ちゃん!?」

痛い。痛い。すんごい痛い。

隣の書斎から今度こそ隆司が飛んできたが、床にうずくまりながら『大丈夫』のジェスチャーを出し、そのまま電話に出た。

「……はい、お待たせしました石狩です。お世話になっております……」

『大丈夫？　風邪でもひいた？』

そんなことはない。ただ後頭部を、目玉が飛び出る勢いで強打しただけだ。

「ご予約ですよね。青桐様のところでしたら、ちょうどキャンセル一件あったんで、明日とかでも全然大丈夫ですよ。そちらに入れてしまいますか？」

『ごめんなさい。今日は母の予約じゃなくて』

七穂はもう一度頭を打ち付けたくなった。

――このお馬鹿。脳みその中、それしかないのか。お客様に失礼すぎるだろう。

「すみません。前原様のご依頼ですね、もちろんお受けします」

『聞きたいことがあるのよ。四月の二十一日、七穂さんうちの母の家を訪問したわよね……？』

何か変だなと思った。

最初は頭の痛みで気づかなかったが、今度は若子の方が、若干かすれて涙声になっている気がする。いつも陽気で朗らかな人だったのに。

しだいに七穂は、相手の声を冷静に聞けるようになっていた。

「……え……亡くなった？」

『様子は、どんな感じだったかわかる？』

嘘《うそ》だと思いたかった。

喪服を実家に全て置いてきてしまったため、いったんS市の実家に寄ってから、あらためて若子に教えてもらったK市内の通夜《つや》会場に向かった。

葬儀場の入り口に、青桐縞子の名前が書かれた看板を見つけ、本当に現実に起きたことなのだと唇を噛《か》みしめる。

彼女が亡くなったのは、数日前——七穂が訪れた日のことらしい。

いくらかけても電話に出ない日が続き、隣の市に住んでいる若子が様子を見に行ったら、布団《ふとん》の中で冷たくなっている縞子がいたそうだ。

警察も来て一時は大変だったらしいが、高齢の上持病もあり、事件性はないということで処理されたと若子は言っていた。たぶん七穂が、最後の訪問者だったろうという話だ。

受付で香典を渡し、焼香の列に並んでいる間、一人暮らしの八十代女性が亡くなったとは思えない数の弔問客が、ひっきりなしにやってきていた。ものものしい肩書きの供花《きようか》も目についた。縞子のかつての顧客だろうか。

心の整理がつかないまま、七穂の番がやってきた。

白い花で飾られた棺《ひつぎ》と、大きく引き伸ばされた遺影。四角い写真の中で、縞子はちょっと拗《す》ねたような顔でこちらを見ていた。

（冗談だって言ってくださいよ、青桐さん）

もっともっと、教えてもらいたいことが沢山あった。何より、仕事の返事をまだちゃんとは貰っていない。

焼香をすませて列を離れると、遺族席に若子がいた。

和装の喪服を着た若子は、七穂に気づいて椅子から立ち上がった。手招きして会場の隅に、七穂のことを呼び寄せた。

「ありがとう、七穂さん。昨日の今日でごめんなさいね」

「こちらこそ、何も知らないで……」

気の利いたお悔やみの言葉も出てこない自分が、情けない。もうアラサーのいい大人だというのに。

若子は祭壇の棺がある方向を振り返って、苦笑交じりに赤い目を細めた。

「本当に、いつもいつも口うるさい母が、家の中に人を入れても大丈夫だった相手なんて、七穂さんぐらいだったのよ。さすがに駄目出しもできなかったんでしょうけど」

「あの、前原さん。実は私……電話で言えなかったことがあって」

「え？」

これはある意味、懺悔《ざんげ》だった。

「お母様のことを、『KAJINANA』にスカウトしていたんです」

「スカウト？　まさかあの人を？」

「はい。一緒に働いてもらえないかって。それがちょうど、二十一日のことで……」

今となっては確かめようがないことだが、生前の彼女を必要以上に煩わせるようなことをしていたなら、本当に申し訳ないのだ。

「そんなことがあったの……」

「申し訳ありません。私が申し出た時、青桐さんは凄く戸惑った顔をされてて。私としては本気でお誘いしていたんですけど、不愉快な思いをさせてしまったかもしれないです」

「なんでもすぐにうなずくのは、はしたないって思うタイプだったんでしょう。昔の人だし。内心では喜んでいたんじゃないの」

「そういう感じでもなかったような……ずっと困るって言ってらして」

「いいえ、きっとそうよ。そこで『無理』とは言わなかったんだから。おかげでこっちの謎《なぞ》も一つ解けたわ」

——謎？

「ねえ七穂さん。落ち着いたら、母の家の片付けを手伝ってもらえる？　あなたに見せたいものがあるの」

実際に若子から依頼が来たのは、五月のゴールデンウィークも明けてからだった。

車をショッピングモール近くの有料駐車場に駐め、フロントガラス越しに空を見上げてみる。

天気は快晴と言ってもよく、我楽亭から窓を開けてここまで来たが、半袖でも風が心地いいぐらいだ。七穂はしばらくそうしていた後、仕事道具が入ったバッグを持って、車を出た。

（けっきょくいつもの服で来ちゃったな）

出発前にも若干悩んだが、仕事で着ている紺のポロシャツと、なんの変哲も無いチノパンという出で立ちになってしまった。向こうに行ったら動きまわることがわかっているのだから、やはりこれでいいのだろう。

五月ともなれば、もう上着もいらない。そのまま青桐家を訪問した。

インターホンを押して出てきたのは、当たり前だが若子の方だった。

シルエットは縞子のそれより大きいが、若干痩せたのだろうか。常に仕事中だった『ガーデンパレスさくらの杜』ではまず見なかった、エプロン姿だ。彼女は化粧気の薄い顔で微笑んだ。

「いらっしゃい。とりあえず上がってくれる?」

「はい。お邪魔します……」

中に上がると、以前までは薄かった線香の匂いが鼻についた。

茶の間の奥のふすまが開いている。仏壇の横に、後飾りの祭壇が作ってあった。白い布の上に、真新しい骨壺《こつつぼ》と位牌《いはい》、そして遺影が飾ってある。

葬儀会場でも見た、あの引き伸ばされた縞子の写真だ。

亡くなったと頭ではわかっていても、こういう光景をあらためて目の当たりにすると胸がつまる。

「始める前に、お線香をあげてもよろしいですか?」

「もちろん。ぜひお願い。母も喜ぶわ」

祭壇の前に座って、目を閉じ手を合わせる。

終わるとあらためて若子に頭を下げた。

「七穂さんに見せたいものがあるって、前に言ったわよね」

若子は畳から立ち上がると、簞笥《たんす》の上に置いてあった箱を持ってきた。

花柄の千代紙を貼った、文箱が二つ。

蓋を開けると、それぞれ中には古い手帳と、年賀状らしい束がしまってあった。

「母が亡くなった時、この箱が枕元に置いてあったの。こっちが仕事をしていた頃の手帳で、こっちがお得意様からの年賀状」

　七穂は若子の許可を得て、その手帳を一冊見せてもらった。

　二色のボールペンでびっしりと書き込まれた、訪問先のスケジュールに圧倒される。テレビを見て書き写したらしい、料理のレシピもあった。お得意様の住所と電話番号。たまに子供の体調なども走り書きしてある。

「今見ても尋常じゃない量よね」

　手帳を向かいから見ながら、若子が懐かしそうに喋《しゃべ》っている。

「結婚したばかりの頃は都内に団地住まいで、住み込みができなくなったから数をこなさなきゃいけなかったって言ってたわ。子供が生まれても預け先が見つからなくて、熱を出した兄を横に寝かせながら豪邸の掃除してたって。うわ、これ花市染太郎《はないちそめたろう》って、あの梨園《りえん》の人？　母さん本当に凄いところに出入りしてたのね……」

　そうやって夫とともにしゃかりきになって働き、二人目の若子が生まれたところで、ここ、埼玉のK市に家を建てたのだという。

　縞子の重ねた年月と知恵が結晶化した、宝物のような手帳だった。

「家政婦のお仕事は、いつまでやってらしたんですか？」

「どれぐらいまでだったかしらね……私が就職して、でも結婚する前だから……父がちょっと体悪くして、介護が必要になったのよ」

それでも年賀状は、今年に出されたものまで取ってあった。貫禄《かんろく》ある大人の字で、『あなたの作ったシチューの味が恋しいです』と書かれたものもあった。

一緒に遺品を見る若子の眼差しは、寂しげではあるが優しかった。

「これがあったから、お葬式の時に昔のお知り合いにも色々連絡ができて、すごく助かったの。でも、そもそもなんでこんなものを見返していたのか、わからなかったのよ。親戚は虫の知らせかなんて言って……でもそうじゃないわよね。きっと七穂さんに誘われていたからよね」

七穂は見せてもらっていた手帳と年賀状を、若子に返した。そうでないと、大事な思い出の品を、涙で汚してしまいそうだった。

あの後の縞子の行動が、わずかでも想像できる。こちらの言葉を無下《むげ》にしないで、真剣に考えていてくれた。それだけでもう充分だ。

「このわたくしが引き受けるからには、顧客も自分で用意しよう！　って算段だったんでしょう。どれから電話かけるか、じっくり考えてたんだわ」

「ありがとうございます、前原さん。そう信じられるだけで私……」

「こっちこそお礼を言いたいわ。母が最後の最後まで、人に応える気があったって知れたんだもの。八十なのに」

「八十でもですよ」

「そうね。口うるさい人だったから。二言目にはおばかさんって」

「それ私も言われました」

お互いめそめそしながらだが、部屋の掃除と片付けを開始した。

四十九日の法要で納骨をしたら、遺産を分割するために家を売ることになっているのだという。仕方ないこととはいえ、この家が人手に渡るのは少し寂しいものがあった。

「大阪にいる兄が、何かとせっかちなのよ。大事なものは、今のうちにこちらで整理しておかないと」

「お手伝いします」

和室でお茶を飲んでいた、小さな縞子の背中を思い出す。窓の向こうに咲いていた桜、花曇りの空も。台所や家の各所で聞いたアドバイスの数々が、止めようとしても脳裏をよぎる。決して忘れないようにしよう。あの人のためにも自分のためにも。

物が多かった居間や仏間の不要品を選り分け、若子が実家に残していた私物をいくつか持ち帰り、その日の作業は終了になった。完全に片付くまで、何度か通うことを約束した。

午後のお客のところも二軒ほど回って、日が暮れてから我楽亭に帰ってきた。

玄関を開けたら、同居人たちが七穂を出迎えてくれた。

「おかえり」

隆司は腕にちゃみ様を抱き、ちゃみ様は特に愛嬌《あいきょう》などは振りまかないが、こちらを横目にゆったりと尻尾《しっぽ》をくゆらせていた。

七穂が口を開こうとしたとたん、お客様の前だからとためこんでいた感情が溢《あふ》れ出てきてしまった。

「……ごめん。今日だけだから。今だけだから」

「いいよ。よくがんばった」

七穂が縞子の遺品整理をしに行くと、聞いていたからかもしれない。隆司の言葉に甘え、七穂はその場ではなをすすって涙をぬぐった。

尊敬していた人と働ける機会を失ってしまった。永遠に。そのことを好きなだけ嘆かせてもらった。

＊＊＊

そしてツツジが咲く今、我楽亭では縞子から貰ったものが色々と活躍中だ。

ビビンバ風炊き込みご飯を食べ終えた後、洗い物担当の隆司が立ち上がったので、七穂は先に宣言しておいた。

「あ、隆司君。今日のお皿は、私が洗っておくよ」

「いいの？」

「お鍋ガビガビだし、漆の器使ったから自分で洗いたいんだ」

あくまでこれは、七穂の趣味でチョイスしたものなのだ。

「わかった。じゃあよろしく」

隆司は茶の間を出ていき、七穂は出た洗い物を持って、台所の流しに向かう。

他の皿を洗う前に、傷つきやすい漆器関係を洗ってしまうことにした。

（どうもありがとうございます、青桐さん。大事に使わせてもらいますね）

縞子の家の遺品を整理した後、七穂にも何か形見分けをしてくれると言われて、七穂の希望でこれらの漆器を引き取らせてもらったのだ。若子自身は使いこなせる気がしないというので、ゴミと一緒に処分されるよりは良かったと思っている。

汁椀を洗い終えたら、次は重い鋳物のホーロー鍋。どちらも布巾の上で水を切る。

今はまだ手にも馴染んでいない品々だけれど、使い続けていればもっと良さがわかってくるかもしれない。

いつかきっと、それが自分を助ける糧《かて》になる。

本当は師匠と『ＫＡＪＩＮＡＮＡ』で、共に働ければ最高だった。

「――ねえ七穂ちゃん。ちょっといい？」

ついさっき茶の間を出ていったはずの隆司が、玉暖簾《たまのれん》をかきあげ顔を出した。

「なんかタオルが色変わってるんだけど」

「はい？　タオル？」

「ピンク色になってる。これで本当にあってる？」

赤と白のまだらになった、棒状の布を手にぶらさげている。

――あまり信じたくないが、もしかしてそれは、洗濯と脱水を終えたタオルなのか？

七穂は叫んだ。

「結羽木隆司！　君、いったい洗濯機に何入れた！」

「洗濯物」

「んなわけあるか！」

台所を飛び出し、狐につままれたような顔の隆司に先んじて洗面所へ向かう。

まずは足下の課題をどうにかするのが先じゃないの、おばかさん。何か座椅子に座ってお茶を飲む師匠に、笑って小言を言われた気がした。

二章　ティーンエイジ・ブルース～うららの場合～

　あれは昔々のその昔。七穂が真っ黒に日焼けした愛らしい小猿で、隆司がなまっちろい坊ちゃん刈りだった頃の話だ。

　七穂の母親と隆司の養い親は姉妹同士で仲が良く、当時は隆司の祖父の持ち物だった我楽亭に、よく子供を連れて遊びに来ていた。

　玉の輿《こし》に乗っていいところのマダムになった叔母《おば》の千登世《ちとせ》は、お料理はもちろん、お菓子作りも得意だった。我楽亭に来ていた時も、たまに奥の台所を借りて、愛する息子と姪《めい》っ子のために、手作りのおやつなどを出していたのだ。今思うと本当に頭が下がるというか、まめで奇特なことをされていたなと思う。

「さあどうぞ、七穂ちゃんに隆司ちゃん。おやつの時間よ」

　池の周りで隆司と遊んでいたら、縁側に千登世が現れた。手に持つお盆の上には、皿いっぱいのドーナツと、果汁百パーセントのオレンジジュースがあった。

「手を洗ってね。仲良く食べるのよ」

彼女は七穂たちにそう言うと、お盆を置いて去っていった。

おやつの響きとドーナツとジュースは、幼い七穂の心をわしづかみにした。

「どーなつ――」

「七穂ちゃん。手、洗わないの？」

ボールを放り出して縁側に突進しようとしたところで、隆司に水を差された。

「どーなつ」

「うん、ママのドーナツだね。手を洗おうね」

「……わかった」

ちぇーと口をとがらせながら表の水道で手を洗い、縁側に腰掛けておやつタイムとなった。

千登世の作ったドーナツは、恐らくベースはホットケーキミックスだった。牛乳のかわりに豆腐が練り込んであって、ふわっとした食感が、感動的においしかったのを覚えている。仕事で忙しかった母の恵実子《えみこ》はもちろん作らなかったし、保育園でも学童でも、こんなおやつは出てこなかった。

夢中になって皿のドーナツに手を伸ばし、残りは一つになった。

さて、たぶんここで正解とされるのは、残ったそのドーナツを二人で公平に割って食べることだと思う。千登世もそのあたりの、穏便で平和的な解決を期待していたと思われる。

しかし一人っ子の七穂は、こういう状況でのシェア文化にあまり慣れていなかった。

「ねえたかしくん。このドーナツ、じゃんけんで勝ったら食べていい？」

なぜか食うか食われるか、勝った方が総取りできるゼロサムゲームを持ちかけた。

そして隆司もまた、兄弟のいない一人っ子という意味では一緒であった。

「いいよ。でも、じゃんけんよりUMA《ユーマ》バトルカードにしない？　ハンデつけてあげるから」

（なんだかなー、せめてじゃんけんにしておけば、確率半分で勝てる見込みもあったのにな……）

結果はおわかりの通り、ゲームにめっぽう強い隆司にたこ殴りにされ、残り一個のドーナツは彼のものになった。嫌なことを思い出してしまった。

「七穂ちゃん、どうかした？」

「……ううん。ちょっと思ったことがあってさ。昔っからうちら、『分けっこ』が下手だったよなーと……」

どうしていきなりこんなことを思い出したかと言えば、ただいま隆司と分担した家事で一悶着《ひともんちゃく》しているからだ。

我楽亭はあの頃から古民家と言ってもいい築年数を誇っていたが、隆司の祖父がお手伝いさんを雇っていたこともあり、家事の家電に関してはそこそこ近代的な設備が整っている。脱衣所には縦型洗濯機とガス式の乾燥機が設置してあり、我楽亭の洗濯はここですることになっていた。

最近は万年皿洗いとご飯炊き係に甘んじている隆司に、他の家事も分担してもらおうという試みをしているところなのだ。しかしまさか、洗濯のミッション一つ満足に達成できないとは思わなかった。

縦型洗濯機の蓋の上に、かちかちに縮んでXSサイズになっている七穂のサマーニットがあった。

「……私は君に、洗い方を教えたと思う」

「色物とそうでない物をわける。ポケットに何か入っていないか確認する」

「そう、それでこの間えらい目にあったたね。ペン入れたままタオル洗濯して」

「だからそこは修正した。それからひっかかったり絡まりそうなものは、ネットに入れる。スイッチを入れて、表示された水の量に合わせて洗剤を入れる。終わったら乾燥機に移して乾かす」

「熱に弱いものは、乾燥機に入れないでって言ったよね」

「下着は駄目って言ってたけど、セーターが駄目とは聞いてなかった」

「いやでもタグ見たら書いてあるでしょうが」

「だったらまず、必ずタグを見てっていうのを、フローの最初に置いて教えるものじゃないかな」

　隆司は穏やかに、しかし意外に譲らず反論してくる。これがなかなか頑固なのだ。七穂にとっては『ああ言えばこう言う』の、屁理屈ムーブに他ならないが。

（そこからか。そこから説明しなきゃ駄目か！）

　品のいい涼しげな顔立ちを憂《うれ》いに染めて、隆司がため息をついた。

「後出しで禁止事項が追加されていくのは、モチベの意味でもコスパの意味でも、あんまりうまいやり方じゃないと思う。まあ七穂ちゃんは、都度言えばいいって考えてるのかもしれないけどさ」

　誰か教えてください。どうしてできていない側が、できている側に説教ができるのか。私にはさっぱりわからないのです。

　もういい、君には頼まない――そんな台詞《せりふ》が、喉元《のどもと》まで出かかった。しかしそうやって任せた仕事を取り上げていては、いつまでたっても家事の分担など進まないのもわかっている。

洗濯タグの説明から始めた方が効率がよかったのは事実だし、注意が必要な素材の服を、ふだんの洗濯物に紛れて出してしまった七穂にも、たぶん耳かきの先ぐらいの落ち度はある。

そう。だから怒るな石狩七穂。

「わかった。次からはタグ見てね。見方はネットにも本にも載ってるから」

「そうするよ」

「わかりにくくてごめんね」

怒りたいのをぐっとこらえ、にっこり笑ってフォローも入れて。満点だろう。

縮んだサマーセーターを持って風呂場に向かったら、隆司に聞かれた。

「その服、どうするの？」

「一回柔軟剤入れたお湯に浸けてふやかして、平干しで乾かし直す」

素材が植物性素材のコットンなので、これでいけるはずだった。逆にこれがウールやカシミアなどの動物性素材なら、成分が髪と一緒なので、人間用のリンスやトリートメントが有効になる。

すると隆司は、ほっとしたように笑った。

「なんだ。復活できるんだ」

ふあああああ、むかつくううう。誰のせいだと思ってるんじゃー！

能天気なイケメンの顔面に洗面器を打ち込みたくなったが、これもぎりぎりで我慢した。

忍の一文字でサマーセーターを漬け込み、脱衣所を出る。

「隆司君。このあと私、オンラインでお客さんと面談したいんだけど。サンルーム使わせてもらってもいい？」

「いいよ。俺は書斎にいるから」

七穂はこの家に、自分の個室を持っていない。面談をするなら完全な戸締りができない母屋よりは、離れの奥まった部屋の方が都合がよかった。

隆司が仕事をする書斎を通ってサンルームに行き、ドアを閉める。

（まったく――）

他人に家事を教えるというのは、想像以上に面倒でまどろっこしく、全部自分でやれる家事代行《おしごと》のなんと清々しいことかと思った。

こちらの部屋は半円形の洋室で、大きな窓が庭に向かって並んでおり、クラシックなカーテンや照明が嫌みでない程度に映り込んで、オンラインの背景として使うのにも具合がよかった。ついでにグランドピアノの譜面台が、タブレットを置くのにぴったりだった。

席についてもドレミのドの字も弾かないことを謝りつつ、ミーティング用のアプリを立ち上げ、カメラとマイクのテスト。

「む」

背景に隆司が可愛がっている真柏《しんぱく》の盆栽が映っていたので、素早くフレームの外に移動させる。これでよし。

「にゃーん」

「いつ入ってきた！」

当たり前のようにちゃみ様が横切ったので、これも部屋の外にお出しした。

いい加減、面談の時間も迫ってくる。

普段はメールや電話でのやりとりが多いが、初めてのお客様の中には、こういう顔を見てのやりとりを希望される方も多いのだ。

椅子の上で猫の毛がついていないかあらためてチェックし、背筋をのばしたところでお客様がWeb上のミーティングルームに入室してきた。

(鳴瀬《なるせ》様、だっけな)

細面の中年女性だった。白いシフォンの半袖ブラウスに、かっちりとした化粧。清潔感のあるショートカットから出た耳に、無線のイヤホンをはめている。今は定時後の時間帯のはずだが、会社の会議でも始まりそうな感じだ。

七穂は画面に向かって頭を下げた。

「どうも、初めまして。『ＫＡＪＩＮＡＮＡ』の石狩です」

『初めまして。しば……いえ、鳴瀬と申します』

お客様の名前は、鳴瀬香苗《かなえ》。埼玉県Ｋ市在住の会社員、四十代の女性だと申し込みフォームには書いてあった。

背景は加工しておらず、ファミリータイプのキッチンがそのまま映っている。使いかけの食材や食器が見えた。壁のコルクボードに、子供のものらしいプリントが数枚貼ってある。

この感じだと、一人暮らしのバリキャリ路線はないなと七穂は思った。

「家事代行業者をお使いになるのは、今回が初めてでいらっしゃいますか？」

『そうなんです。お恥ずかしい話ですけど、最近離婚したばかりで』

おやまあ。しかし珍しい話ではない。

『子供たちと心機一転、三人でがんばるつもりだったんですが、色々追いつかなくて』

「ええ、わかります。家事も育児もお仕事も、ですからね」

『わかっていただけます？　もう毎日てんてこまいで。上の娘に自分のことは自分でやりなさいって言っただけなのに、横暴だ家事の押しつけだってうるさくてうるさくて……育て方間違ったのかしら。しつけの範疇《はんちゅう》よね』

相当鬱憤がたまっていたようだ。堰《せき》を切ったように喋りはじめた。

「お子様は今、何歳で？」

『上が中一の女子、下が小五の男子です。この子たちが習い事前に食べられるご飯を作ってほしいのと、いない間にお掃除やお洗濯なんかをお願いできると、本当に助かるんですが』

なるほど。七穂はうなずく。

香苗の仕事は残業もあり、帰宅が遅いこともままあるらしい。一方で子供たちには塾や習い事があり、当日は早めに夕飯を食べさせるか、弁当を持たせる必要があった。

「お子さんは、アレルギーや好き嫌いなどはありますか？」

『アレルギーは特にないんですが、上の子はお肉が苦手で』

「お肉NG。下のお子さんは」

『すごい肉食で、嫌いなのはトマトとネギ類と茄子と葉物全般、あとキノコですね』

「んー……」

顔は笑いながらも、心の中では考え込んでしまった。これは手強い。

「かぶりませんねえ」

『夕飯でしたら卵サンドとツナとキュウリのサンドイッチを出してもらえれば、二人とも食べられると思いますから』

だからと言って、それればかりはまずいだろう。献立は後で色々考えようと思った。

最初の訪問日や時間帯のことなどを話し合っていたら、香苗の背後をリュックサック姿の少年が走っていった。

『今、息子が塾から帰ってきたみたいです。琢磨《たくま》、ちょっとこっちにいらっしゃい！』

香苗が画面外の少年を呼んだ。イヤホンを取って、会話をオープンに切り替える。

『なにー？　母ちゃん』

琢磨少年、わざわざバック走行で戻ってきた。大きな黒縁眼鏡《くろぶちめがね》に愛嬌があって、可愛らしい感じの子だ。

『今度お願いする、家事代行の人。石狩さんって言うの。ご挨拶《あいさつ》して』

『どーも、鳴瀬琢磨です！』

「こんにちは、石狩です。月曜日からよろしくお願いします」

屈託のない敬礼に笑ってしまう。仲良くできるといいなと思った。

『すみません。今、娘もピアノのレッスンから帰ってきました――うらら。ちょっと、うらら！』

しばらくすると、上の娘さんらしい少女も、画面に加わった。

『うるさいなあ。なんなの』

『あなたたちがお世話になるんだから、ちゃんとご挨拶するのよ。こちらが石狩さん』

香苗や琢磨から一歩離れているため、顔がちらちらとしか映らないが、細身ながら目力があって、なかなか意思が強そうな子だと思った。

(大人なんてダルいって顔してるね)

それもまたいい顔だ。

さあ、これからよろしく頼むよ、鳴瀬姉弟――。

＊＊＊

――神様とやら。人生ってこんなものですか。

べつだん真面目に生きたつもりもなかったが、そう悪いこともしていないと思っていた。だってまだ十三歳なのだ。

「――ばたー、芝田《しばた》ー、なあなあ芝田ってば」

教室にはびこるバカ男子その一が、頭の悪さを宣伝しながら近づいてくる。うららは絶対に反応してやるかと思い、席に座ったまま無視を貫いたら、そいつはようやく気づいたとばかりに自分のおでこを叩《たた》いた。

「あっ、しもた。もう芝田やなくて鳴瀬やったな」

「……そーだよ。オヤが離婚したんだよ」

「すまんすまん。そやったな、堪忍。ほい鳴瀬のノート」

提出していた理科のノートを、落とすように放って走っていった。

裏返して名前の欄を見れば、ちゃんと『芝田』を消して『鳴瀬』と書き直してある。

(どんだけフシアナ)

これでどうして間違えられるのか、いっそ器用ではないかと思った。

「青山《あおやま》のあれさー、絶対わざとでしょ。うららに絡みたいんだよ」

「やめてって、あんな目立ちたがり屋」

うららの友人、須《す》美《み》ちゃんの推理は、今度ばかりは受け入れがたい。

青山翔斗《ひろと》は小学四年の頃に大阪から転校してきて、その頃からあることないこと関西弁でペラペラ喋りまくっていたバカ男子だ。一時は調子にのって孤立していたはずだが、復活してからも『これがオレの芸風やねん』と言って、喋り方だけはそのままだ。そういうの逆に痛いだろとうららは思う。

「確かに、うららは目立ちたくなんてなかった方だもんね」

「まったくだよ——」

人より目立つなんて、なんにもいいことはない。

今から一月ほど前、うららの両親が離婚した。父親の浮気が原因で、気性の激しい母と法的に決裂《けつれつ》するまではあっという間だった。

子供の親権は母親の香苗が持つことになり、うららたちの名字も母親の旧姓『鳴瀬』になった。当初の予定なら、そのまま母の実家がある山梨に引っ越しするはずだったのだ。

うららとしても、ここまで何もかもが変わるなら、いっそ心機一転で学校チェンジでもいいと思っていた。

しかし土壇場になって弟の琢磨が『転校だけは絶対嫌だ！』と泣いて床を転がり駄々をこねたため、引っ越し先は学区内に落ち着いてしまった。うららは無駄に名字だけが変わって、親が離婚したんですと喧伝《けんでん》しながら同じ学校に通い続ける女子になってしまった。こうしてクラスの男子にもいじられる。最悪だ。

「ぶっちゃけどう？　オヤ離婚ライフ」

「どーもこーも」

うららは机に頬杖《ほおづえ》をついた。

「引っ越し先マンションだから、ピアノ弾きづらくてそれがイヤ。あとあたしだけお手伝い増やされた。弟はそのまんまなのに」

「おお、それはよくない。チョージョ差別」

「でっしょ？　むかつくから文句言いまくったら、ハハが家事代行のヒト呼ぶように
なった」

「カジダイコー？」

「なんかー、お手伝いさん、みたいな？」

うららも厳密には、よくわかっていないのだ。

離婚で仕事を増やした母のかわりに部屋の掃除や洗濯をしてくれ、うららと琢磨が塾や習い事に行く時は、事前に食事も作ってくれる。しかしシッターではなく家事代行なので、直接子供の世話はしないという『契約』になっているらしい。

「おばちゃん？」

「んーにゃ。わりとぴしっとした、きれいめの女の人なんだけど、あたしあの人苦手で」

「えー、なんで」

「つかれるから」

――これぱっかりは、実際味わってみないとわからないと思う。

授業と図書委員の当番が終わると、帰宅部のうららは真っ直ぐ家に帰る。

新しい家は、『パインアップル・マンション』という、バカみたいに浮かれた名前の賃貸マンションだ。植え込みに椰子《やし》の木まで生えていて、外壁もピンク色。海なし県の埼玉のくせに、どういうセンスだと思う。

ただこれまで住んでいた戸建ての家とは、うららや琢磨の学校を挟んで反対方向にある。恐らく琢磨が転校しないですむ範囲で、できうるかぎり距離を取ることを優先して探した結果だろう。おかげで日常生活で父とニアミスすることはないが、うららが父の連絡先を消していないのを母は知らない。

エレベーターで六階まで上がってきたら、男の人がうららたちの部屋の近くに立っていてどきりとした。

(お父さん?)

背が高い。茶髪をツーブロックに刈り上げて、UVカットの長袖シャツにTシャツを重ねた、スポーツマン風の男だ。ならばとりあえず父ではない。

あの人は、もっと小さい人だった。もちろんスポーツマンでもない。うららと一緒にリズム系の体感ゲームをして、音楽に合わせてコントローラーを振る動作でも息が上がっていたぐらいだ。

しかし違うなら、それはそれで怖い――。

エレベーターの前からそれ以上進めずにいたら、手前の部屋のドアが開いた。

「どうもこんにちは、『ラクーン・ライフサービス』です」

「よろしく頼むよ」

男は部屋の主に招かれ、愛想よく中に入っていった。

――なんだ。お隣に用があったのか。

うららは脱力した。へたに中間地点で待たれるとわからない。

真っ直ぐな共用廊下に同じデザインのドアが並び、区別するのはドアの上の部屋番号だけ、というのはいまだに慣れなかった。表札も、こちらに来てからは出していない。母に聞いても『そういうものなの』としか言われない。

鍵《かぎ》を取り出して、自分の部屋番号のドアを開ける。

玄関に置かれた、推定二十五センチのスニーカーでぴんとくる。

（あのひと来てる）

予想は当たるもので、鞄《かばん》を置きに来たうららの自室は綺麗に掃除機がかけられていたし、リビングには靴下一つ落ちていないソファの上で漫画を読む弟がいて、カウンターキッチンで石狩七穂が洗い物をしていた。

七穂はマスク越しでもわかるぐらいに、満面の笑みになった。

「おかえりなさい、うららちゃん！」

弟も「うーっす、ねーちゃんおかえり」と、漫画から一時だけ顔を上げて挨拶をした。

「琢磨。寝ながら本読まない。また目ぇ悪くなるよ」

「うっさいくっさい鈍くさーい」

「どこで覚えてくるんだよ、そういうの」

塾に行く時間まで、あと一時間ほどある。うららは制服を着替えると、リビングにある電子ピアノの前に腰をおろした。

幼稚園から惰性《だせい》で習っているだけとはいえ、毎日弾くのは癖《くせ》になっていた。家や学校のもやもやも、ここで音を出している間は忘れられた。

（何弾くかな）

こういうさくさくした時はあれだ、ちょっと前に流行《はや》っていた、ストリートピアノ動画の演奏がいい。あの変な早弾きはなんか癖になる。

耳コピしたサビだけ繰り返していたら、視線を感じた。

石狩七穂が洗い物の手を止め、キッチンからじっとこちらを見ていた。

「ご、ごめんね。うららちゃんピアノ上手だね」

「そーでもないと思いますけど」

お世辞かどうかぐらい、うららにもわかる。

今の顔つきは絶対にありえないものを耳にした——たとえていうならジャングルでシロクマに遭遇してしまったような驚きであり、断じてこちらの演奏に感心している感じではなかった。

「もしかしてだけど、『Miracle bonsai man』好き？」

不覚にも反応してしまった。なぜこの人が知っているのだ。

「……いけませんか？」

「う、ううん。そんなことないよ。ちょっとびっくりしただけ」

盛大にバズって拡散されたわりに、あの動画に登場する演奏家のプロフィールは謎のままだった。その時彼が持っていた盆栽の鉢にちなんで『Miracle bonsai man』というニックネームはついているものの、実際は中国人のプロ演奏家ではないかという噂《うわさ》もあるぐらいだ。弾いていた曲が日本人作曲家の作品なのでそれはないという説を、うららは強く信じている。

「ピアノの先生は、変な癖がつくから真似するなって言うけど」

「確かにアクは強いかもなあ」

本当に放っておいてほしい。

「とにかくね、今はお夕飯にしようよ。準備できたから、二人ともおいで」

——ああ、ついに来たか。

恐らく弟の琢磨も、同じようにうんざり思っているだろう。二人そろって重い足取りで、七穂が待つキッチンカウンターに向かった。

カウンターの上には、ワンプレートに盛られた本日の塾前ご飯があった。

「今日はね、タンドリー風チキンプレートにしてみたよ」

説明する七穂の声は、今日も明るい。一口大に切った鶏むね肉と、くし切りにした玉ネギやパプリカ、ミニトマトともどもグリルで強めに焼き付けてある。ソースとして絡む、ターメリックの黄色が鮮やかだ。

ご飯は刻みパセリを混ぜた、ガーリックバターライス。でかける前にぱっと食べられるよう、一つのお皿に盛ってくれた気遣いはわかるし、お洒落《しゃれ》で彩りもいい。カフェ飯にしてもいいぐらい映《ば》えている。

フォークを手に持って料理を口にする間、七穂の視線がじっと注がれているのがわかる。

「チキンとお野菜を、ヨーグルトとカレー粉のタレに漬け込むとね、やわらかいし素材の臭みも気にならなくなるんだ。あ、ちゃんと皮と脂《あぶら》は取ってあるから安心してね」

——なんていうか自分、めっちゃ『攻略』されてる気がする。

石狩七穂はたぶん、仕事ができる人だ。そこは認めるべきだと思う。この人が来てから家はあっという間に片付いたし、いつもにこにことして感じもいい。

そんな彼女の次のミッションは、うららたち姉弟にバランスのいい食事をとらせることなのだろう。それはもうあの手この手の工夫で嫌いなものを食べさせようとしてくるのがわかるので、こちらはその見えない圧力にさらされながら食事をすることになる。

七穂の作ったタンドリー風チキンは、おいしかった。特にタレを絡めて焼いたパプリカと玉ネギが甘くて香ばしくて、ミニトマトも熱々のままぎゅっと旨みが凝縮されて、いくらでも食べられてしまいそうだ。ほんのり醬油風味の、ガーリックバターライスとの相性もばっちりだと思う。チキンの方はまあ、野菜と一緒に味わわずに飲み込んでしまえば吐きだすほどではない。

本当にごめんなさい。どんなに工夫をこらして作っていただいても、苦手な人間にとってはこんなものなんです。

（これでお肉さえ入ってなければなあ……）

うららの横で、歯に物が挟まったような顔つきでもちゃもちゃ食べている弟も、

『これで野菜さえ入ってなければなあ』と思っているに違いない。

「それじゃ、私のお仕事は今日はここまでだから。お疲れ様です！」

「……かれさまでーす……」

「……かれーっす……」

七穂はエプロンと三角巾とマスクを取って、元のきれいめなお姉さんに戻ると、颯《さっ》爽《そう》と部屋を出ていった。

カウンタースツールの上で、うららは小さく息をつく。疲れると言った意味が、なんとなくおわかりだろうか。

「だる……」

「ほんとだる……」

なんとかワンプレートご飯を食べ終えると、さっと水で濯《すす》いでから塾へ行く支度をした。


弟の琢磨とは、マンションの自転車置き場で、反対方向に別れた。

「そんじゃねーちゃん、また後で」

「帰り寄り道するんじゃないよ」

「しないよそんなの」

うららは駅前の進学塾に通っていて、琢磨は友達が沢山行っているからという理由で、県道沿いの補習塾に行っているのだ。とにかく地元大好き、友達大好きな奴だった。きっと将来は地元最高といいながら、嫁と友達と子供と孫に囲まれて死ぬに違いない。

通っている塾では、二週間後に迫る学期末テストの指導が本格化していた。

うららの中学最初の中間テストは、離婚と引っ越しのゴタゴタで集中できなかったせいか、さんざんな出来だった。今度こそ挽回したいとは思っている。

国数英と三教科習っているので、家に帰ってくるのは九時過ぎだ。小学生で国語と算数しかない琢磨は、とっくに帰宅していた。

そして母の香苗も、会社から帰ってきていた。

ダイニングテーブルの椅子に座って、『リビング学習が子供に最適！』の教えにならって、琢磨の宿題を見ていた。

香苗はうららの顔を見るなり、眉を吊《つ》り上げた。

どうしたママンよ。まだ期末テストは始まってもいないぞ。

「うらら。あなたまたヘッドホン着けないで、ピアノ弾いていたんですって？」

思わず弟の姿を、二度見した。チクリ魔はドリルを解く姿勢のまま、舌を出した。

「琢磨だって約束破って、寝ながら漫画読んでたし」

「そこで弟は関係ないでしょ。自分を棚上げしないの」

「ちょっと忘れてただけだって」

「いい？　何度も言ってるけど、ここは一軒家じゃなくて、集合住宅なの。楽器可でも弾きたいならちゃんと時間帯を守って、窓も全部閉めないと。じゃなかったら必ずヘッドホン。前の家みたいに好き勝手やってたら、うららも琢磨もお母さんも追い出されるのよ」

「わかってるってば、ごめんなさい」

うららは投げやりに魔法の六文字を放って、話を終わらせた。本当に琢磨の奴は、一度締めねばと思った。

今度は噛んで含めるように母は言う。

「中間はうららも大変だったのはわかるわ。だからお母さん、うららの負担減らすために『KAJINANA』さんも頼んだ。次はもう大丈夫よね？」

「……なんだよもう、えらそーに」

「うらら!?」

聞こえていたようだ。今度はうららが聞こえないふりをした。

だいたい、いかにも全部譲ってあげている感を出しているが、そもそもうららはこの状況に納得した覚えなどないのだ。

魔が差しただけだ、二度としないと泣いて謝った父を、母は許しはしなかった。

子供たちのためにも仲直りしたらという、祖母のとりなしにもいっさい耳を貸さずに大喧嘩をして、当然のようにうららと琢磨を連れて家を出ることを選んだ。建築士の父が建てた、以前はさんざん自慢していた庭付き一戸建てには、もう住みたくないと言って。

うららは母のお説教を右から左に聞き流し、自分の部屋へ退散した。

やりかけの携帯ゲームを開いたら、フレンドで繋《つな》がっている父からメッセージがきていた。

『うららは　げんき　ですか？　おうちの　なかが　とても　しずかで　まだ　なれません。いつも　うららの　ピアノが　きこえていたから　でしょうか』

スマホのＬＩＮＥや他のＳＮＳは母にチェックされているが、ここまでは知られていなかった。

『うららたちには　ほんとうに　わるいことを　したと　おもっています。おとうさんは　いつもいつも　うららの　しあわせを　いのっています』

——なんだか泣けてきた。どうしてこうなってしまったのだろう。返事にはゲームの上限いっぱいまで愚痴《ぐち》を沢山書いた。

せめて宿題をしながら、好きな音楽で耳の中をいっぱいにしようと思った。

「うらら音量！」

「いーじゃん、これぐらい！」

とかくこの世は理不尽だった。

＊＊＊

「んー……」

非常に悩む。

タンドリー風チキンはやった。次はどうする石狩七穂。

ワンプレートか手づかみで食べられる、育ち盛りの体にいい簡単な食事。

七穂は縦型洗濯機に洗濯物を入れながら、延々と唸《うな》っていた。

「……オムライス……は駄目か。駄目だったよね」

以前にもマッシュルームと鶏もも肉を入れたオムライスを作ったことがあるが、許容範囲を超えていたようで姉弟の顔がすごいことになっていた。

ならば具だくさんの、オムレツ方向で行くのはどうだろう。脳内でシミュレーションしてみる。

具はじゃがいもとベーコン、人参やズッキーニなどを角切りにして炒めて、塩コショウで味をつける。いいぞいいぞその調子だ。それをふわっと卵で包んで、ソースはキノコたっぷりのホワイトソース——。

「いやだめだめだめ。キノコ駄目。キノコから離れろ私」

ぶんぶんと首を横に振る。

自分が意外とキノコに執着する人間なことに気がついた。まさかここまで無意識にキノコが出てくるとは。

（カロリーないけど、旨みはたっぷりだからか）

ちなみに干し椎茸および戻し汁の使用も、勿論封じられている。しんどい。

「……そもそも琢磨君、茄子駄目って言ってたしなあ。ズッキーニもたぶん駄目だよなあ。それ言ったらブロックタイプのベーコンも、うららちゃんには厳しいか。でもハムだとパンチが出ないし、味変わっちゃうんだよなあ」

「ずいぶん苦戦してるね」

七穂の後ろで、隆司が言う。

今日は彼が洗濯当番でもないのに、ずっと近くにいられて変な感じだった。

「なんかお互いの嫌いなものが、ケンカしてるんだよね。野菜の癖を隠したかったらお肉の味を前に出したくなるんだけど、それやったらうららちゃんが食べられなくなるし。逆のことをやったら、今度は琢磨君が食べられなくなるし」

今のところどちらの癖もねじ伏せる、強めのスパイスや濃い目の味付けで乗り切ってはいるが、そういうものはあまり連発がきかないのだ。早くもネタがつきようとしている。

「……単純な疑問なんだけど、そんなに別のメニューを、がんばって考える理由はなんだろう」

「どういうこと？」

七穂は振り返った。

「俺も中受で塾行く時は弁当持たされたり、行く前に何か腹に入れてた覚えあるけど、そんなに豪華じゃなかったよ。移動の車の中で、おにぎりかクラッカー食べてたぐらいで」

あのハイクオリティなセレブ主婦、千登世おばさんでもそうなのか。

「帰ってからあらためて、夜食は出てたけど。雑炊とか鍋焼きうどんとか」

「……まあそうなるよね。そうだと思った」

ちなみに七穂も近所の塾に行ってはいたが、小学校高学年で自分でふりかけおにぎりを握って持っていくというスキルを発揮していた。そして帰ってきてからまたがっつり食べていた。

「依頼してきた人は、別に凝らなくてもツナサンドと卵サンドでいいって言ってたんだよね。俺もそれで問題ないと思うんだけど――ねえ七穂ちゃん。それわざわざ裏返してるの？」

七穂が手にしている、自分の靴下が気になるらしい。

「そうだよ。靴下とか下着とか、あとズボンなんかは表より裏の方が直接肌について汚れるじゃない。だから洗う時に裏返す方がよく落ちると思って、私はそうしてるけど」

「なるほど。触れる方を表にして洗浄……と」

隆司は手持ちのスマホに、小声でぼそぼそと音声入力を始めた。いったい何がしたいんだ君はと思った。

「うん、それで？　どこまで話したっけ」

「なんでツナサンドと卵サンドですまさないのか。無駄に面倒なことして自己満じゃねーの？」

「そこまでひどい言い方はしてないと思うけど」

「実際そういうことだよね」

何か違うものを出さなければと思っているのは自分だけで、うららたちにしてみれば、地雷なしの慣れた味でお腹がいっぱいになった方が、よっぽど嬉しい。

自分の工夫はただのエゴではないかと、そういう指摘も正しいとは思うのだ。

「ただ、さー……隆司君。鳴瀬さんがすごい喜ぶんだよ」

「子供たちのお母さん？」

「そ。ふだんは絶対食べないあれを、あの子が完食できたんですかって、驚くを通り越して泣くぐらい喜んでくださるわけ」

作った料理を報告するたび、感謝される。作り方を教えてほしいとも言われる。

これは鳴瀬家に限った話ではなく、七穂はお子さんの苦手や好みを聞いた上で、あえて少しだけ苦手なものが入った挑戦メニューを作ることがままあった。

正解が沢山あるものは、その家に合わせてもいいんじゃないかと師匠は言っていたけれど、本当は香苗を始めとしたお母さんたちも、子供に好き嫌いなく食べてほしいと思ってはいるのだ。そこで七穂が作る苦手食材入りの料理をクリアすることで、少しでも完食の実績を積んで、いつか苦手意識自体なくなってくれればという期待が発生するから。

「難しいよね。食べる子の希望に合わせるのも大事だけど、お母さんのお気持ちもね……」

「直接のクライアントはお母さんだもんな……確かに難しい……」

お財布を握り養育の方針を握っているのは誰か、という問題でもある。

ただ言われたリクエストに応えるだけでなく、時にこういう寄り添い方ができるのも、継続指名に繋がるのかなと思ったりもするのだ。身も蓋もない話かもしれないが。

「もちろん、お子さんたちにはちょっとでもおいしいのを作ろうと思ってるよ。それは当たり前の前提で」

「そうだね。だから七穂ちゃん、こうやって悩んでるんだからね」

「……あああー、また思い出しちゃった。何作るべー」

鳴瀬家の姉弟。急に変わったという環境で、腐らずよくがんばっていると思う。だからこそ、お母さんともども応援したい。

次の訪問では悩んだ末、ツナサンドと卵サンドを作った。

弟の琢磨が、物を見て露骨にほっとしたぐらいだ。

「あ、ふつーだ」

そう普通。ただし少々、小細工はした。

ツナサンドは、琢磨が苦手な玉ネギ入り。玉ネギはみじん切りをあらかじめ加熱し、辛味を飛ばしてからツナと和えた。さらに塩もみキュウリにマヨネーズ、パン粉も入れることで水分が出ないツナとキュウリのサンドイッチになる。

「それね、ちょっぴりだけ玉ネギ入ってるよ」

「え、ガチで？　うわ騙《だま》されたー」

騒ぎ出す琢磨に、うららが「普通にわかるって」と小声で突っ込みを入れている。

「わかる？　うららちゃん鋭いね」

カウンター越しに七穂が話しかけると、彼女は急に表情をなくして目をそらした。

(だめか)

まだまだ女子の壁は厚そうだ。

卵サンドはゆで卵を刻んでマヨネーズで和えるタイプではなく、ハム入りの卵焼きを作ってサラダ菜と一緒にパンに挟むタイプにした。間にマヨネーズとケチャップを絞ってある。

今のところ、二人ともよく食べてはいるようだ。

陽気で野菜が苦手な琢磨は、漫画にはまっているらしい。お気に入りの連載があって、次の単行本購入のために今からお小遣いをためているのだという話を、食べながらしてくれた。

ピアノが得意でお肉が苦手なうららも、いつか何が好きか語ってくれるだろうか。

前にヘッドホンなしで弾いていた時、あれがはっきり言ってチャンスだったのだが、曲がよりにもよってネットで拡散している隆司の演奏そのもので、こちらが先に挙動不審になってしまった。返す返すも惜しまれる。

けれど七穂の希望は、なかなか叶えられなかった。うららが家出したのだ。

＊＊＊

（――地獄だ）

ダイニングテーブルの上に、学校から返却されたばかりの、うららのテスト用紙が並んでいる。

これは地獄。別名針のむしろ。もしくは死刑執行。

処刑人の香苗は、紙に並んだ数字を、穴が開くほど見つめて言った。唸るように。

「……前より落ちるって……」

「平均点も下がってるんだよ。今回難しかったってみんな言ってた」

力ないうららの反論は、母には届かなかった。

「うらら。しばらくゲームやめようか。見るとやりたくなるだろうから、お母さんが一式預かるわ」

「やっ」

それだけは駄目だと思った。父と連絡ができなくなる。

「嫌！　絶対やだ！」

「じゃあピアノやめて、塾行く日増やす？」

どちらも嫌だ。選べなんてひどすぎる。

リビングのソファで、ひとごとのようにアニメを見ている弟が憎たらしかった。

どうして中学生になったとたん、中間だ期末だと、テストの点数で責め立てられる回数が増えるようになるのだ。

「──ピアノの方がいいかもね。もともと小学校までの予定だったたし、ヘッドホンつける約束も全然守れないんだもの──」

そんなもの、もともと約束した覚えはない。

みんなみんな、勝手に決められた。離婚する、父と離れる、家を出る、名字が変わる、このマンションに引っ越す。全部だ。

なんで誰もこちらの気持ちを知ろうとしない？

「……つき」

「何？」

「お母さんの嘘つき。あたしのことなんてどうだっていいくせに」

「うらら？　あなた今なんて言ったの」

「だってそうでしょ！」

泣きながらテーブルを叩いた。

香苗いわく『ひどい点数』の答案用紙が、ひるがえりながらフローリングの床に散らばった。

「あたしは離婚してくれなんて、一回だって言ってない！　お母さんがお父さん嫌いになっただけでしょ。家がマンションになったのだって、琢磨がだだこねたからじゃん！　あいつが我が儘《まま》言うから、あたし学校でもいじられまくりだよ。なんで琢磨のは良くてあたしは駄目なの……！」

香苗は目をむいて言葉をなくしていた。ソファの弟も、真っ青だ。思ってもみない反論だったのだろうか。考えもつかなかったというのなら、それこそうららを馬鹿にしていると思った。

「もういい」

「うらら」

椅子から立ち上がって、リビングを出た。

自分の部屋に行って、修学旅行で使った大きい鞄に制服や教科書、私服などを片っ端から詰め込んだ。

「うらら、あなた何してるの」

「ここ出るの。そこどいて」

入り口に突っ立つ母を押しのけ、玄関に向かう。

「どこにいくの」

「お父さんのとこ！」

放った言葉は、相手の足を止め、魔除けのようによく効いた。


自転車に荷物をのせ、暗くなった道を走って元の家を目指した。いいや、『元』なんて付けてやるものかと思った。うららが生まれ育った家は、唯一あそこだけなのだから。

真剣に自転車を漕いだら、二十分でついた。たったそれだけの距離に阻まれていたなんて、本当に馬鹿みたいだった。

鍵がないからインターホンをめちゃくちゃに押したら、父親の芝田敬一《けいいち》がびっくりした顔で出てきた。

「うららか……!?」

その顔を見たら、張り詰めていた糸が切れたのか、一気に涙が出てきた。

「おどーざん、あだしもういやだ……！」

うららは父の胸に飛びついて、大泣きした。それはもうわんわん泣くレベルで号泣した。

とにかく中に入りなさいと言われ、リビングに移動した。

ソファに座らされ、家のバスタオルを顔に押し当て気持ちが静まるのを待つ間、敬一はどこぞに電話をかけているようだった。

「――お母さんと話したよ。大変だったね」

スマホ片手に近づいてくる。

「うららがそうしたいなら、しばらくお父さんのとこにいなさいってさ」

「……お父さんはいいの？」

「父さんはもともと大歓迎さ。うららと一緒にいられるなんて、こんなに嬉しいプレゼントはないよ」

敬一がうららの隣に座った。

父の仕事は、建築士だ。この家も彼が設計から施工まで、こだわって建てたと聞いている。背は低いし最近は似合わない髭《ひげ》なんて生やしているし、すごいイケメンというわけではないけれど、うららにとっては楽しくて優しい父だった。

「ピアノだって、置いていったのがそこにある。好きに弾きなさい」

「ありがとう、お父さん……！」

うららは敬一に抱きつき、敬一は笑いながらうららの頭を撫《な》でてくれた。

（やっぱり好きだな、お父さん）

敬一は一人で晩酌《ばんしゃく》をしていたそうで、少々酒臭かった。でも、もう小言ばかりの母親やそのお気に入りの弟、そして果物の名前がつくマンションから離れられると思えば、清々するぐらいだった。

学校には元の家から通えたし、父はうららのために自分の母親、つまりうららの祖母を召喚した。

「まーまー、うららちゃん。可愛い可愛いばぁばのうーちゃん。家出したんですって？」

祖母の名は芝田英子《ひでこ》。電車とバスで一時間の家に到着するなり、全面バックアップを約束してくれた。

「ほんと香苗さんも強引だから。言わんこっちゃないのよ。私はね、いつかこうなると思っていたんですよ。ああいいのようーちゃんは。ばぁばがついていますからね」

もともと香苗とは犬猿の仲のようで、母が離婚に踏み切る足が異様に軽かったのも、半分ぐらい英子が原因ではないかとうららは思っている。

そういうわけで今は父の家にいるのだと須美に言ったら、軽く呆《あき》れられた。

「まじめにドトーの生活だよね、うらら」

「だってやなもんはやだし」

「私は絶対ごめんだけどね、自分のおやじと二人暮らしとか」

「けっこう快適だよ」

　思い切って飛び出してしまえば、登校時間は前より短くなり、家のことはだいたい祖母がしてくれた。

　帰ってくれば英子が来ており、エプロン姿に腕まくりで夕飯の支度をしていた。

「ただいま、おばあちゃん」

「おかえりなさい、うーちゃん。冷蔵庫におやつがありますよ。瓶入りのプリン」

「食べたらピアノ弾いてもいい？」

「もちろん。ばぁばにも聴かせてちょうだい」

　祖母が買ってくるちょっといいおやつを食べて、リビングにあるアップライトピアノを好きなだけ鳴らせた。

（きもちー）

　久しぶりの解放感だった。

　ピアノ教室の課題を一通りさらったら、英子が拍手をしてくれた。

「上手ね、うーちゃん」

「あっちの家じゃ、ずっと電子ピアノにヘッドホンだったから。久しぶりに生ピ弾けて嬉しい」

「子供には、好きなことをさせてあげるのが一番なんですよ。大人が我慢しなくちゃいけないのに、うーちゃんばっかり割を食って。本当に可哀想に」

そうだそうだ、もっと言ってやれと思った。

うららは虐待で傷ついているから塾もしばらく休んでいいそうだし、近くの設計事務所で仕事をしている父が、家に帰ってきたら夕飯になった。

ダイニングテーブルに並ぶのは、英子の手料理だ。

「さ、うーちゃんに敬一も。いただきましょう」

椅子に座ったものの、うららは顔をしかめそうになる。

分厚い立派なとんかつが揚がっていた。せめて脂の少ないヒレ肉ならいいのに、この感じはがっつり脂身付きのロースだろう。

これに千切りキャベツとくし切りトマト、ポテトサラダにご飯と味噌汁がついてくる。

(脂身、脂身だけは無理)

絶対口に入れたくないと、箸で衣をはがして取り除こうとしたら、ぱしっと手首をはたかれた。

「だめですよ、うーちゃん。お行儀が悪いことしちゃ」

英子だった。顔がにこやかなぶん、叩かれた事実をうまく頭で処理できない。

「母さん。うららは肉が苦手なんだよ。かわりに海老《えび》フライとかコロッケとか、冷食で出せないかな」

「中学生にもなって、そんなわがままはいけませんよ。作ってもらったものは、残さず食べないと」

やんわりとした敬一のフォローも、英子には通用しなかった。

「香苗も無理強いはさせてなかったんだ」

「だからでしょう。やっぱり好き嫌いって、その母親の教育だと思うんですよ。こういうところに、日頃どれだけ子供に目をかけているかっていうのが出てくるものなんです」

そこは別に関係ないんじゃない？　なんでお母さんが引き合いに出されるの。

思わずむっとして言い返しそうになった。香苗なんて大嫌いなはずなのに、変だった。

「がんばって、うーちゃん。あれは駄目これは駄目なんて言っていたら、大人になって苦労するし、克服して損はないのよ」

――どうしても食べないといけないのか。

いやいやとんかつの切れ端を口に入れたら、案の定脂身の食感がぶよぶよして、気持ちが悪くて吐きそうになった。キッチンに走って水をがぶ飲みした。

「そうよ、その意気。うーちゃんは細すぎるんだから、お肉食べてもうちょっと太らないと」

思えば香苗の手先である『KAJINANA』の石狩七穂も、うららたちに色々食べさせようとはしたが、絶対に『好き嫌いは駄目』とは言わなかった気がする。ただ苦手な食材も入った料理を、これおいしいでしょうとばかりにテーブルに置いていただけ。残さず食べろとも言わなかった。

そしてどの料理も筋や皮を丁寧に取ったり、味付けでカモフラージュしたりと、食べやすくする工夫だけは欠かさなかった。だからお皿に入った数きれぐらいは、食べられたのだ。

下味も薄く、筋と脂身が残るとんかつに、精一杯の抵抗でとんかつソースをどばどばかけながら、うららは胸がつまる思いだった。あるいはこれは胸焼けか。

「厳しいなあ、母さんは。べつに長居するわけじゃないんだから、ここにいる時ぐらい見逃してやってくれよ」

「……そうだったの？」

驚いて聞き返してしまった。

するとと敬一は、ちょっとぎくりとした感じだった。

「ごめんごめん、言い間違えた。もちろんうららは好きなだけいていいんだよ」

「だよね」

うららは安堵《あんど》したが、同時に敬一の横顔に落胆の色が浮かんだのは、たぶん気のせいではない――はずだ。

父はうららが邪魔なのだろうか。

そんな予感はしながらも、頭の中では一生懸命否定していた。あの敬一に限ってありえないと信じたかった。

ある金曜日の夜だった。

すでに祖母は夕飯の片付けも終えて、自分の家に帰っていた。うららはリビングでテレビをつけつつ、須美とLINEをしていた。

目の前のバラエティに出演している、須美の推しに突っ込みを入れ合っていたら、玄関のインターホンが鳴る音がした。

（なに？）

こんな時間に誰だろうと思った。スマホをソファに置いて、リビングの壁にある玄関モニターを見に行ったら、知らない女の人が立っていた。

とりあえず、モニター脇のボタンを押してみる。

「……どなたですか？」

うららの声は合唱ならいつもアルトで、ソプラノのように高くないのが嫌だった。たまに声だけ聞かれると、母親と間違えられることがある。

玄関に立つ女の人は、目をまん丸にした。

『すみません。わたくしオオウチと申します。芝田チーフにお渡ししたいものがあって』

「うらら、どうした？」

敬一が二階から降りてきた。

「誰か来てる」

モニターを指さすと、顔色が変わった気がした。

「大丈夫、お父さんが出るよ」

そう言って、直接玄関に向かっていった。

玄関口で、何かぼそぼそ話している。十五センチぐらいの隙間から、大きめの茶封筒を受け取って、そのまま戻ってきた。

「なんなの？」

「お父さんの事務所の人だ。急ぎで使う資料を持ってきてくれたんだ」

早口で説明してくれたが、その間いっさい目を合わせなかった。

休日前に手渡ししないといけない資料とは、いったいなんだろう。事務所は最寄りのK駅前にあるので、敬一が自分で取りに行こうと思えば簡単にできるのに。

もっともっと夜が更けてから、その父は一階のキッチンか風呂場あたりで電話をしていた。

『……ああ、そうだよ。香苗じゃない、娘が来てるんだ。大丈夫、一時的に泊まってるだけだよ。ただ今は娘の希望が第一だ。だからうん……ごめん。この家を売るのは少し先になりそうだ。籍のことだってちゃんと考えてるから』

うららは二階のトイレで、それを聞いた。

馬鹿な父め。家の換気口っていうのは、管で繋がってるんだよ。建築士なのに忘れたのか。

立ち上がって、トイレの水を流す。一緒にこの嫌な気分も流れていってくれと思った。

何が二度としないだ。ばっちり繋がったままじゃないかよ。

——期待して裏切られて。

残念なことは色々あるけれど、自分の親に期待してがっかりするのは一番しんどい気がする。

離れて暮らすようになっても、敬一とはゲームの中でこっそり繋がっていた。寂しいと沢山メッセージもくれた。ようするに父はさびしん坊で、誰かと繋がらずにはいられないのだろう。たとえよその女の人だろうとだ。

（かと言って、今さら戻るのも……）

土日いっぱい悩んだ末、うららはあれだけ嫌だった、『パインアップル・マンション』に来ていた。浮かれた椰子の木のピンク色マンションでも、帰るところがない今は気まずさが先に立つ。

どの面下げて、弟や母に会えばいいのだろう。あれだけ啖呵《たんか》を切って出てきてしまったのに。

エレベーターで上がる間も、うららはまだ迷っていた。やはり戻ろうか。しかし敬一のところに居続けるのも気持ちが悪い。

「……うららちゃん？」

「いやあ！」

籠が六階に到達した途端、扉の向こうに『ＫＡＪＩＮＡＮＡ』の人がいて悲鳴が出た。

「お家戻ってきたんだ。ああ良かった、心配してたんだよね」

「別に、違います！」

「そうなの？」

とっさに否定したのはいいものの、じゃあなんでここにいるのかという話になる。

両手に抱えたボストンバッグは、なんなのだ。

逃げようにもうららはエレベーターの籠の中で、相手には『開』ボタンを押し続ける手段も残されており、退路は完全に断たれていた。

（もうやだ）

答えに困って立ち尽くしていたら、石狩七穂がさっと籠に乗り込んできて、一階のボタンを押した。うららも一緒に、籠が下がっていく。

「私さ、ちょうど今お仕事終わったところだから、お腹減ってるんだ。よかったらファミレスでもつきあってくれない？」

屈託のない笑顔で言われ、けっきょくそのまま近場の店に連行されてしまったのだった。

「うららちゃんは、何食べる？　パフェもケーキもありだよ」

「……おばあちゃん、夕飯作ってると思うし」

「ああ、じゃあやっぱりお父さんのとこ戻るんだ」

「わかんない。それも嫌」

頭の中が、ぐちゃぐちゃだ。七穂は端末のメニューを検索している。

彼女はミックスグリルセット一つと、ドリンクバーを二つ頼んだ。うららが気まずさのあまりスマホを見ていても怒らないし、要領を得ない語りでこれまでの事情を喋る間、やってきたセットを一人でもりもり食べていた。

（めちゃくちゃ食べる人だな）

背も高くて、出るべきところも出ている人だが、単なる話を聞く口実ではなく、本当にお腹が減っていたのかと思う食べっぷりだった。

「……だから。お父さんとこいても、あたしなんて邪魔者なんだよ。もうどこにも行く場所なんてないの」

「そっかあ……」

「ネカフェとかボックス行くお金もないし。死んじゃった方がましかも」

綺麗に食事を平らげた七穂は、最後に紙ナプキンで口許《くちもと》をぬぐった。

「とりあえず死んじゃうのは、痛いし苦しいしあんまりお勧めできないかな」

「わかってるよ。言ってみただけ」

「でも言いたくなるぐらい嫌になってるんだよね。わかる」

相手は思案するように目を閉じた。

「んー……一つ私が言えることはね、うららちゃん。君のお母さん、ずっと私にご飯二人分作るように言ってたよ」

「え？」

「そ。うららちゃんが出ていってからも、いつ戻ってきてもいいように、琢磨君とうららちゃんの二人分、必ず用意してくれって。お部屋もいつも綺麗に掃除してたよ、私」

——そんなの知らなかった。

思わず七穂の顔を見つめていると、彼女はいたずらっぽく微笑んだ。

「だからね、うららちゃんに戻る場所はちゃんとあるよ。そこだけは心配しなくても大丈夫」

あれだけひどいことを言って、飛び出してきてしまったのに。

香苗は許してくれるだろうか。七穂を信じてもいいのだろうか。

「……でも、なんて言ったらいいかわかんない」

「意外とフランクでいけると思うけどな。はーいママンとか言って」

「あたしそういうキャラじゃないよ」

なんというか素直ではないし、教室でもみんなが笑っている時に冷めて笑わないし、弟のように可愛がられるタイプでもない。

だがその時、テーブルに置いていたうららのスマホが、細かく震え始めた。

画面に映るのは、『おかーさん』からの着信だ。計ったようなタイミングだった。

「出てあげたら？　せっかくだし」

言われるままなのは癪《しゃく》に障《さわ》るが、うららは逡巡《しゅんじゅん》した後、スマホを摑《つか》んで立ち上がった。早くしないと切れてしまう。

ファミレスの入り口近くまで移動して、通話に出た。

「もしもし？」

『ああ、うらら？　よかった出てくれて』

数日ぶりに聞く母の声だった。

ほっとして感じ入るには、なんだか妙に切羽詰まった感じだった。

「どうかしたの？」

『あのね、琢磨そっちの家に行ってない？』

「え、琢磨？」

『琢磨の塾から、琢磨が来てないって連絡が来たのよ。お母さん今日、これから大事な打ち合わせがあってすぐに戻れなくて』

「さぼってるってこと？」

叱《しか》られるに違いないのに、珍しい話だった。ちゃっかり者の琢磨らしくはない。

一応キッズ用の携帯は持たされているはずだが、普段からしょっちゅう家に忘れていく琢磨には、あまり意味のない代物《しろもの》でもある。

通話を続けたまま、七穂のところに戻った。

「石狩さん。今日、琢磨どんな感じだった？」

「琢磨君？　普通にご飯食べて、いつもより早めに出ていったけど……」

「塾に着いてないみたい」

「嘘」

何かが変だった。

あらためてうららは、香苗に七穂から聞いた事実を伝えた。

『……うららが出て行ってからね、琢磨もだいぶ落ち込んでいたのよ。昨日も自分のせいだ、お姉ちゃんに謝りたいって言ってて。だからあなたに会いに行ったのなら、まだわかるし安心かと思ったんだけど……』

弟の気持ちなんて、考えたことがなかった。いつだって調子がよくて、うららより小さいから母に可愛がられて、嫌なことがあれば泣いてなんでも思い通りにする奴だと思っていた。爆発して、ようやくためこんでいた鬱憤をぶつけられたはずなのに――。

うららは唇を噛んだ。

「お母さん。あたしね、今『パインアップル・マンション』の方に来てるんだ。もしかしたら入れ違いになってるかもしれないから、戻って見に行ってくるよ」

『ごめんね、うらら。お願いできる？』

香苗との通話を切った。

「元の家に戻らないと」

「車出そうか？　そっちの方が早いでしょ」

七穂は車で客先を訪問することが多いらしく、今回も近くのパーキングに停めているという話だった。

確かにうららの移動手段と言えば、マンションまで乗ってきた自転車ぐらいだ。車の方が断然早い。お言葉に甘えて乗せてもらうことにした。

そのまま七穂の運転で元の家に戻ると、祖母の英子しかいなかった。

「あらま、おかえりなさいうーちゃん。そろそろご飯の時間ですよ」

「ねえおばあちゃん、琢磨来てない？」

「たっくん？　いいえ、来ていませんよ。どうして？」

「塾にも家にもいないらしくて」

「んまっ」

英子は驚き絶句した。

「今度はたっくんまで家出をしたってこと？」

「まだわからないけど」

「もう七時過ぎよ。これからどんどん暗くなるのに」

祖母の言う通りだった。夏場で日の入りが遅いとはいえ、今より明るくなることは決してない。うららが小五の時の門限は、塾やピアノがない時は六時厳守だった。

「……もしかしたら、おばあちゃんの家まで行ってるのかも。じゃなかったら、お父さんの事務所とか。おばあちゃん、聞いてみてくれる？」

「ええわかったわ」

「あたし、もうちょっと知ってるとこ見て回ってみる」

「うーちゃん、あなたも危ないでしょう！」

「大丈夫、大人も一緒だから！」

うららは来たばかりの家を飛び出した。

七穂は家の前で車を駐めて、待っていてくれた。

「琢磨君、いた？」

「ううん。でもふだん遊んでそうなとこ見てみようと思って」

「なら行ってみよう。乗って」

彼女は当たり前のように、うららを助手席に乗せてくれた。

「……いいの？」

「何が？」

「今さらだけど。家事代行の人って、ベビーシッターじゃないから、子供のお世話はしないって聞いてる」

「ああこれ、業務時間外だから平気平気」

「もっと悪くない？」

「ファミレスで一緒にご飯食べたでしょ？　ならもう友達」

どうも薄々思っていたのだが、この人の本来の性格は、相当雑か適当なようだ。

不安はあったはずなのに、がばがばな言い分にちょっと笑いそうになった。

まず二人で見て回ったのは、七時以降も開いているコンビニとショッピングモールだ。漫画好きの琢磨なら、新刊書店か古本屋のどちらかにいてもいいと思ったが、残念ながらこちらは空振りだった。

ふだん友達と遊んでいる公園も、この時間だと小学生の数はぐっと減っていた。

（ここも違うや）

夏場は盆踊り会場にもなる、市民公園のグラウンドをネット越しに見回し、落胆した。

考えてみれば琢磨の友達は、ほとんど同じ補習塾に通っているのだ。それだけの理由で通塾しているぐらい、友達万歳の奴なのだ。ならこの時間、仲のいい友達はみんなそちらにいるはずで。

急に不安になってきた。あいつは、弟はたった一人で何をしているのだろう。

ブランコや滑り台などの遊具コーナーを横切って、七穂が待つ駐車場に行こうと思ったら、最後の砂場に最悪な奴がいた。

——青山翔斗。

部活帰りらしいジャージ姿で、買い食いの棒アイスを食べながら仲間とたむろしているのだ。

悪いことに集団の中で露骨に目が合ってしまい、翔斗が破顔した。

「あれ、どないしたん、一人なんか？」

やめろやめろやめろ、こっち見るな見るな。手を振るな話しかけるな。

「なんだー、翔斗。オンナの知り合いいんの？」

「ちゃうちゃう。単にクラス一緒やねん。名前は芝田うらら……やなくて鳴瀬やったな」

「うっさい青山！　今そういうの本気でいらんわ！」

言い返しただけなのに、翔斗は頬をはたかれたような顔をした。こちらが涙声だったからかもしれない。

「オレ、ちょっとネタ振っただけで」

「それがネタって思ってんなら、本気で終わってるわ！」

本当にもう、鬱陶《うっとう》しくてたまらない。こちらはそれどころではないのに。

「うららちゃん？　どうしたの？」

駐車場にいた七穂が、もめ事の気配に気づいたのか駆け寄ってきた。うららは涙をぬぐって七穂のところに走った。

「え、七穂お姉ちゃん？」

「翔斗君？　ごめん、今ちょっとたてこんでるから。後でね――」

いいから早く行こう。バカ男子に話しかけている七穂の腕をつかむ。一秒でも早く公園を出たかった。

＊＊＊

けっきょく弟の琢磨は、見つからなかった。

『パインアップル・マンション』のリビングには、会社から帰宅していた香苗と、祖母の英子がいた。

「うらら」

「うーちゃん」

「琢磨いた？」

第一声でうららが聞くと、香苗が険しい顔で首を横に振った。

(だめだったか)

もしかしたらと期待していただけに、うららは肩を落とした。

「石狩さんも、遅くまでおつきあいいただいて申し訳ありません」

「いえ。ここまで来ると、私も気になりますから——」

「何をのんきなことを言ってるんですか、香苗さん。事故か誘拐の可能性は？　さっさと警察に相談するべきでしょう！」

英子が声を強くした。

致し方なかったとはいえ、琢磨がいないのを教えたのはまずかったかもしれない。

「おばあちゃん、もうちょっとだけ待ってみたら？　ほら、あいつどっかで寝過ごしてるのかも」

「寝過ごしてるって、どこで？　うーちゃんが探したところには、いなかったんでしょう?」

「そうなんだけど……」

思いつく場所は、みんな行った。公園も見た。お店も見た。学校の校庭も見に行ったし、小川の土手も神社も見た。心当たりは片っ端から見たがいなかったのは本当で、それでも警察に連絡するのは怖かった。琢磨が本当に危ない目に遭っている気がしてくるのだ。

「――いえ、いいわうらら。お母さん今から警察行ってくる」

「お母さん!」

「もっと早くこうするべきだったのよ」

香苗が意を決した顔で、ソファに置いていた通勤鞄を手に取った。

「お義母《かあ》さん、申し訳ないですけど、うららと一緒にここで待っていてくださいませんか」

やめてよ。『本当』になっちゃうよ。

しかしでかけようとした香苗の背後を、どこかで見たような小学生が横切っていった。

うららは我が目を疑い、思わず目をこすった。

あらためて見直してみれば、今まさに警察に相談せんとしていた鳴瀬琢磨が、塾用のリュックをソファに放り投げ、自分の身もダイブさせたところだった。

母も祖母も、そして『KAJINANA』の石狩七穂もフリーズしてしまっていた。

「……あーつかれた」

何が疲れただ。

「ねーねー、聞いてよ母ちゃん。今日オレ、めちゃくちゃ大変だったんだよ。塾行く前に『アーマード幻鬼《げんき》α』の新刊ぜったい買おうと思ったら、どこ行っても売り切れでさ！　むかつくからS市のでっかい本屋までチャリで爆走したら、途中でチェーンが切れちゃったんだよ！」

うららの弟は、救いようがなく空気が読めないお馬鹿な弟は、饒舌《じょうぜつ》に言いたいことをまくしたてていた。

「仕方ないからグレートバビロン号を押して帰ってきたんだけど、途中で道間違えるわでさんざんだったよ……ってあれ？　なんでねーちゃんいるの？　ばーちゃんも『KAJINANA』の人も？　どーいうこと？」

「……っこおの、馬鹿やろおおお！」

うららは叫びながら床を蹴り、ソファの弟めがけて飛びかかった。

ぎりぎりでヒップアタックは避けられたものの、うららはぎりぎりと琢磨の頭を締め上げた。

「いてえ！　痛いよギブ！」

「今何時だと思ってんの！　塾さぼって、連絡の一つもしないで！」

「携帯忘れたんだよ、しょーがないだろ」

「公衆電話の使い方、教えてもらったでしょーが！　ばか琢磨！」

「ごめんなさいごめんなさい許してくらさい」

「ごめんで、すめば、警察は、いらなあいっ！」

うららは荒い息をつきながら、ようやく締めていた力を緩めた。弟は、涙目でこちらを見返した。

「何？　なんか文句ある？」

「……ううん。ねーちゃん、ほんとに帰ってきたんだとおもって。よかった」

この野郎。

うららまでつられて泣きそうで、はなをすすって肩を叩いた。

「でもよかったですね、事故とかじゃなくて」

七穂の言葉に、香苗が深々と頭を下げた。

「本当に遅くまでご迷惑おかけしました。今回の件は、時間ぶんお金はお支払いしますので」

「いえいえ、無事でよかったですよ。それが一番ですし」

そうやってなんとなく一件落着な雰囲気が漂っていたが、唯一祖母だけが、この状況に納得がいっていないようだった。

「まったく人騒がせな話ですよ。人をさんざん振り回して」

英子はぷりぷり怒り、敬一によく似た眉を吊り上げた。

「お義母さんも、お手間取らせて申し訳ありませんでした。琢磨には、私からよく言って聞かせますので」

「だいたいですね、いざという時に子供の交友関係一つ把握できないなんて、それでも母親ですか」

「それは……思いつくお宅に聞いてみたんですが。今回は琢磨の塾と重なっている子も多くて」

「そんなものは言い訳でしょう。あれだけこちらに啖呵を切って、敬一から子供を取り上げておいて。家のことはお手伝いさんになんでもかんでも押しつけて、自分は仕事仕事。だから信用されずにこんな騒ぎになったんでしょう」

ふだんは気の強い香苗も、この場では英子に言われっぱなしだった。悲しい目をして唇を噛んでいる。

自分には言い返せないと思っているのだろうか。本当のことだと。

「あの。ばーちゃん、ごめんなさい。僕が塾さぼったりしたから」

「たっくんはお黙りなさい」

反論しないの？　ここまで言われても。あの強気な母はどこに行った。

「もういいです、香苗さん。孫たちは二人とも敬一に任せなさい」

「それは！」

「何？　文句がありますか？　この私が責任もって、ちゃあんと育てますから」

「――もうやめてよ、おばあちゃん！」

思わずうららは声をあげていた。

（お願いやめて）

確かにうららの母は自分勝手だ。普段はなんでもかんでも一人で決める。ガミガミ口うるさい。でも、細かい指摘や小言が言えるぐらい、うららたちのことを見ているのも確かだった。

仕事の時間はむしろ増えているのに、変わらないのは変えたところがあるからだ。

「お母さんが石狩さんにお願いしてるのは、『なんでもかんでも』じゃないんだよ。リビングで琢磨の宿題見たりとか、あたしのテストチェックしたりとか、そういう今まで通りの時間を作るためなんだよ。ね？」

「う、うーちゃん。だけどあなた、ここの暮らしはしんどいって言っていたじゃありませんか。香苗さんが敬一に短気を起こしたりしなければ、今でもあなたたちはばらばらにならずにすんだのですよ」

「言ったよ。でもそれって本当にお母さんだけのせい？」

英子は一つ、大事な事実から目をそらしている。気づかないだけかもしれない。以前のうららのように。

うららは皮肉な思いで、手持ちの爆弾に火をつけた。

それを振りかぶって――投げる！

「だいたいお父さん、浮気相手とまだ続いてるじゃない。引き取れって言われても、困るんじゃないの」

「まっ」

「こないだ電話で話してたよ。早く再婚したいし、あの家も売りに出したいみたいだし」

ほら、爆発した。

うららが次々に放った爆弾級のネタのせいで、英子は言葉もないようだった。まるでテレビの戦隊物みたいに、足下から木っ端《こっぱ》みじんになる幻《まぼろし》が見えた。

「あ、あなたたちにはついていけませんよもう。勝手なことばっかり言って。知りませんからね」

最後はふらふらになって、部屋を出ていってしまった。

何も知らなかったのなら、ちょっと可哀想だったかもしれない。ただでさえお年寄りは、ストレスと血圧に注意しないといけないと聞くし。

「――うらら、あなた言い過ぎよ」

香苗がこちらをたしなめた。

うららはあらためて、そんな母と向き合った。

この人が何があっても三人で、あの家を出なければならなかった理由が、今ならちょっとわかる気がするのだ。嘘つきで優柔不断で底抜けに優しい父や、そんな父を心から信じる英子の中にいるのは、難しすぎるから。悔しいことに、本当はそれを知るための家出だったのかもしれない。

「あの人、またそんなことになってるの」

「脇が甘いんだよ。すごい優しいけど。だからいけないのかな」

「一丁前なこと言って」

香苗は泣きそうな顔のまま苦笑して、ソファのうららと琢磨を両方の手で抱きしめた。

「ごめんね、嫌なもの見せちゃって。馬鹿な大人ばっかりね」

本当にその通りだ。きりきりして振り回されて、子供としてはいい迷惑。でも言ったように、母はその中でもかなりがんばってくれている人だった。

なら一緒に生きていくしかないのだろう。うららはまだ子供なのだ。元・芝田うららで鳴瀬うららのまま。イヤホンやヘッドホンにも目をつぶって、怒られない程度に勉強もして、あんぽんたんな弟の面倒もみて、うんざりするほど退屈で平和な毎日を続けていく。

（ほんとうんざりだ）

でも出ていく時のような、八方塞がりで絶望的な気持ちももうなかった。

いかにもホームドラマに出てくる人みたいな構図が恥ずかしかったが、言い逃れようがなく、ここはうららのホームでありドラマの中なのだ。

＊＊＊

車で我楽亭に戻ってくると、母屋は暗く、離れの洋館にだけ電気がついていた。

「隆司君、いるー？」

洋館の書斎を覗いてみると、案の定パソコンに向かっていた隆司が、椅子ごと振り返った。

涼しくて居心地がいいからか、少し離れたサイドボードにちゃみ様もいた。

「お帰り。遅かったね」

「うん。ちょっとお客さんのところで一悶着あってさ」

「大丈夫?」

「平気平気、解決済み」

済みと言い切っていいかは怪しいが、今はまだ問題ないだろう。

まさか鳴瀬家の親子ゲンカに立ち会うはめになるとは、さすがに思わなかったが。

幸い弟の琢磨も無事見つかり、うららも香苗に気持ちをぶつけて和解できたようだ。

子供が背負うには辛い事情もあったようだが、これからは三人で仲良く支え合ってくれればと思う。強いて付け加えることがあるとするなら、父親はシンプルにクソ。天罰をくらえ。

「なんで笑ってるの?」

「別に。なんでもない」

彼らの一助になればと、今までこつこつ家事代行を続けてきた七穂まで、直接認めてもらう言葉を貰ってしまった。こちらは嬉しすぎる驚きだった。

七穂は続きのサンルームに置いたままにしていた、真柏の盆栽を取ってくる。

これは隆司が仕事仲間から貰い、一緒に大陸横断までした株だ。

幸い盆栽抱えてバックパッカーをしていた頃の彼と、今の彼はだいぶ雰囲気が違うので、同一人物と知っているのは七穂の他には翔斗ぐらいだ。

七穂はその鉢を持ったまま、素早く隆司の膝に腰を下ろした。こちらの尻に勢いがつきすぎて、ワークチェアのキャスターが後ろに滑ってデスクに当たったが、七穂は隆司を見つめることに注力した。

「ねえ隆司君。私は君のことが大好き。君は私のこと好き？」

突発的なことに弱い隆司は、この体勢でも両手を浮かせて、こちらに触れようともしない。

「……なんだろう。君がそういう言い方する時って、大抵なんか裏がある気がするんだよ」

「裏じゃないの。正直にお願いがあるの」

盆栽と一緒に、じっと目を見て訴えてみた。

＊＊＊

一つ後日談を言うなら。青山翔斗には、あれから直々につかまって謝られた。

「ほんま堪忍な！　鳴瀬がそこまで気にしとると思わんかったんや」

わざわざ下駄箱の死角を選んで、深々と頭を下げて。

おかげでこいつ、つむじが二つあるんだと、変なところに気づいてしまった。

デリカシーのないバカ男子だが、反省はしているようである。

「……なんでそう思ったの？　あたしが気にしてないって」

「だっていっつも隠さず堂々としてたやん。担任のハコセンが『今日から芝田さんは家庭の事情で鳴瀬さんになります』言うても、だから何？　って感じでしらーっとしとって」

それはもう、言い逃れしようがないから開き直るしかなかっただけだ。あんたもあたしと同じ状況になったら、絶対にそうなると言いたかった。

（——そうでもないのかな？）

実はめそめそ傷ついた顔をして、同情される道もあったのだろうか。もっと可愛い、親友の須美や隣のクラスの○○さんなら、それをやってはまる可能性もあったかもしれない。

でも、何度考えても自分には無理だと思った。そういうキャラはむいていない。

肝心なところで素直になれないし、にこっと笑うのもはまらない。自意識過剰で可愛くない奴だ。

「親が離婚したのも、自分から言うとったし。いやもうあれこそ漢と書いて、オトコと読む態度やなあ思うて」

「はあ？　誰がオトコ？」

思わずドスのきいた低音になった。

翔斗は目をまん丸にしてフリーズし、「すんません」と飛び退いた。

「でもマジで芝田、いや鳴瀬が転校しないでよかったって思っとるでー！」

すたこら逃走しながら、そんなことを言っている。

せっかく人目につかない場所にいたのに、台無しではないか。いいのかおまえ。

（――まったく）

うららは自分の頬をはたいた。

平常心、平常心だ。そこがうららの良いところだと、言われたばかりである。

しかしなんとも頬があつい。

これは世間が夏のせいだ。たぶんきっとそうだ。

＊＊＊

「あー、もー、失敗やー」

なまぬるい夜風が吹き込む縁側で、翔斗少年が桃をかじっている。

かつて我楽亭を化け猫屋敷扱いしてきた小学生も、気がつけば制服姿の中一になっていた。

つるつるだった頬にニキビはあるし、沓脱石《くつぬぎいし》に転がるスニーカーは、七穂のものよりずっと大きい。

進学しても同じ補習塾には通っていて、時間は前より遅くなったが堂々と七穂たちの家の前を近道して帰るようになった。たまにこうして縁側に顔を出して、世間話だの学校の愚痴だのをこぼしていく。

ついには少年、縁側に倒れ伏した。

「どーしてこー、オレってのは余計なこと口走るかな。嘘やなくて本当のことでも、言うたらあかんもんてのはあるやろ。なあ姉ちゃん」

七穂は畳の上でスマホをいじりながら、翔斗の愚痴を聞いてやっている。

「そこはもう、君の魂《たましい》にある受けを狙おう精神がまずいんじゃ？　クラスの女の子に絡むなんて一番だめでしょ」

「マジレス勘弁。つかさー、七穂お姉ちゃん。なんで鳴瀬んとこ家事代行しに行ってるって教えてくれへんかったん？」

「だって君とうららちゃんが知り合いなんて、全然知らなかったし」

「校区が一緒なら想像つくやろー」

「ついたらなおさら言わないよ。守秘義務だもん」

翔斗は両手で顔を覆って「ちくしょー」と唸った。

思春期に突入していた青春小僧は、うららのことが好きらしい。

わかりやすくあけっぴろげな感情は、自分の頃と照らし合わせてもまぶしいぐらいだ。

肝心のうららは、家族との気持ちに折り合いをつけるのが精一杯で、他に気を配っている余裕があるかは怪しいところである。

（しょうがない）

調子にのりやすい少年ではあるが、その正直さと長年のつきあいに免じて、一つ助け船を出してやることにした。

「翔斗君。いま君のところに、動画一個送ったから」

「へ？　なんなん？」

「『Miracle bonsai man』の新作」

「……っ！」

少年が飛び起きた。

正真正銘、撮り下ろしだ。隆司を説き伏せて一曲弾かせた。

顔出しは拒否されたので、画面の大半は後ろ姿だが、一緒に映っている盆栽は同じ物だし、音はどこからどう聴いても奴なので、聴く人が聴けばわかる。

「うららちゃんもファンだから。これで何すればいいかはわかるね？」

「……わかった。すげえサンキュー！」

「隆司君の名前出すのは禁止だからねー」

「どうせ信じないって。お兄ちゃんは？」

「風呂入ってるよ。さあもう、いい加減帰った帰った。遅いから親御さん心配してるよ」

ピアノが毎日の気分転換だったうららに、こちらからささやかなプレゼントの意味もあった。

目に光が戻った少年は、沓脱石の汚いスニーカーに足を突っ込むと、乗って来た自転車にまたがって走り去っていった。

（やれやれ。畑に落ちなきゃいいけど）

ともあれ桃は恵んでやった。音源も恵んでやった。後は翔斗しだいだ。

しかしＵＭＡバトルカードで白熱していた少年が、今はカードより恋バナとは。本当に月日がたつのは早いものだ。

翔斗が食べた桃の皿を台所に置きにいくついでに、風呂場の方を覗いたら、脱衣所に隆司がいた。

すでに風呂は上がっており、部屋着に濡れ髪のまま何やらごそごそやっている。

「何してんの？」

「――ああ、七穂ちゃんか。翔斗は？」

「帰らしたよ、もう夜十時近かったし」

「あの動画も？」

「もちろん送ってあげたよ」

ため息をつくな。さんざん話し合っただろうに。

隆司は洗濯ラックのバーにS字フックをかけ、リングに通したハガキサイズのカードを吊り下げようとしていた。

「洗濯のね、マニュアルを作ってみたところなんだよ」

「……まにゅ、ある？」

「そう。たぶん俺が洗濯をするっていう作業を、全体の流れとして捉《とら》えきれてないから、毎回抜けが出てくると思ったんだよ。だからあらためて最初から終わりまでの工程を、一覧でまとめてみたんだ」

隆司は作ったというマニュアルを、七穂に見せてくれた。

ぱっと見、そのままプレゼン資料か業務マニュアルにできそうな、パワーポイント製のフローチャートだ。

『我楽亭洗濯マニュアル①洗濯をするかどうか編』

①今日は洗濯当番か
（はい）→工程②へ
（いいえ）→洗濯をしない
②足拭きマットの洗濯日か
（はい）→洗濯カゴへ入れ、工程③へ
（いいえ）→工程③へ
③シーツ・布団カバーの洗濯日か
（はい）→洗濯カゴへ入れ、工程④へ
（いいえ）→工程④へ
④トイレ・洗面所の手拭きの洗濯日か
（はい）→洗濯カゴへ入れ、工程⑤へ
（いいえ）→工程⑤へ
⑤洗濯カゴの中身は空か
（はい）→洗濯をしない
（いいえ）→洗濯する

ちなみに、これに続いて『マニュアル②洗濯をする編』と『マニュアル③洗濯物を乾かす編』『マニュアル④洗濯物を取り込む編』がリングで繋がっている。濡れてもいいように、全部ラミネート加工までしてある。芸が細かいのか神経が細かいのか。たぶん後者だと七穂は思う。

「こうやって見ると、洗濯の工数ってすごく多いね」

「……………むしろめんどくさくしてない？」

「俺はいったん分解して全部書き出した方が、抜けが出なくて安心できるけど」

断言された。そうか、そうなのか。七穂は雷に打たれたような衝撃を受けた。

「自分で考えた工程じゃないなら、なおさらだよ。これ見てやっと、七穂ちゃんが何言いたいのかわかったんだ」

わっかんねーなー、理系脳と思ったが、たぶん全員がそうというわけでもないのだろう。ただ隆司にとってはこうやって徹底的に条件分岐《ぶんき》の図に落とした方が、安心に繋がるらしい。決まり事は少なければ少ないほどいいタイプの七穂とは、正反対だ。

自分の頭の中にある工程を、他人にも共有してもらおうと思ったら、これぐらいやらないと駄目なのかもしれない。究極同じゴールにたどりつけるなら、やり方に文句をつけるのは悪手なのだ。

実のところ歩み寄りが足りなかったのは、自分の方だったのかと思った。少し反省しないと。

「そうだね。隆司君がやりやすいようにやるのが、一番だと思うよ」

「うん。とりあえず洗濯のフローは把握できたから、次はゴミ出しと風呂掃除だ」

「はい？」

隆司は屈託のない笑顔で宣言した。

「七穂ちゃんが普段やってるゴミ出しと風呂掃除を、一から順を追って説明してくれない？　共有して、無駄な工程を洗い出すのにも役に立つと思うし。大丈夫、そんなに時間はとらせないから」

このレベルの詳細マニュアルを、家の家事の数だけ作るつもりかこいつ。

反射的に逃げていた。

「今は無理！」

「そう、じゃまた明日ね」

勘弁して。

これも盆栽様のたたりか。それからしばらく七穂は、同居人のヒアリング要請につきあって脳みそをパンクさせるはめになった。ああ恐ろしい、恐ろしい。

幕間　ちゃみ様は探検する

ちゃみ様は我楽亭の猫である。

茶トラで、尻尾の長い、やや小柄な猫だ。

かつては様々な呼び名とともに、各地の人間から餌《えさ》をもらう、根無し草な暮らしをしていた。年とともに風来坊《ふうらいぼう》をするのにも飽きがきて、最近縁ができたこの家の猫になることにした。

この家に住んでいる人間は、全部で二人いる。

今日はあの、よく動いてやたらと世話を焼きたがる娘の方が、でかけているらしい。ちゃみ様のご飯を稼ぎにいってくるそうな。カリカリがネズミのように獲《と》れるとは思えないが、おかげで家の中が格段に静かである。

日中は好きなだけうとうとし、夕方になると猫の特性に倣《なら》って目が覚めてくる。ただいま家の中を探検しているところだ。

古い家の中を歩き回っていると、男の方の人間を見かけた。

こちらはやかましい娘と違って、静かで置物のように存在感のない奴である。無駄口は叩かず、だいたい離れで『ぱそこん』と向き合っているか、あるいは母屋の縁側で枯れ木のような『ぼんさい』をいじくりまわしているかのどちらかだ。でも今はそのどちらでもなく、洗面台の下の扉を開けて、『すまほ』を向けていた。

ちゃみ様は男に呼びかけた。

おいこれ、どうした人間の男。その『すまほ』は、猫の姿を写してきゃっきゃするためのものではないのか。人間の娘などは、だいたいそうしているぞ。

しかも普段閉まっている戸が、これみよがしに開いている。ならばこの老猫が中を調べてしんぜよう――。

「こら、そこは入らない」

「にゃー」

頭を半分突っ込んだところで、ちゃみ様はシャンプーボトルごと引っ張り出された。

おのれ人間の男。

「在庫の置き場所を、写真に撮ってただけだよ。なんにも面白いものなんてない」

面白いかどうかは、こちらが決めることだ。人間ごときが決めていいものではない。

人間の男はちゃみ様を抱えたまま、脱衣所を出ていった。

放せ。放すのだ無礼者。

けっきょく連れていかれた先は、離れの洋館だった。人間の男が根城にしている書斎で解放され、ちゃみ様は素早くデスクの上に飛び移った。

男もデスクの前に座ると、『ぱそこん』の黒い画面がぱっと切り替わった。

『よお、元気にしてるかタカシ。楽しい面談の時間だぞ』

むむ、うるさいのが増えたぞ。

画面いっぱいに大映しにされた大男に、人間の男が話しかける。

「おはようございます。そっちはいい天気みたいですね」

『ああ。曇りばっかのロンドンにしちゃ、珍しい陽気だ』

ちゃみ様は、このうるさい奴が誰か知っていた。人間の男が『社長』とか『ボス』とか言っていたので、恐らくそれが名前だろう。こちら側にいる人間の男よりも大柄かつ太っていて、くしゃくしゃの髪は白に近い金髪で、酒でも飲んでいるかと思うほど顔が赤かった。

いかにも近くで喋っているように見えるが、どうやらこの二人、かなり距離があるらしい。今も相手の背景はさんさんと朝日が差し込んでいるが、ちゃみ様たちがいるこちらは真っ暗なのだ。

そしてこの画面の中にしか出てこない『社長』やその仲間と話す時、人間の男は喋り方まで変わる。ちゃみ様がかつて『チャーリー』と呼ばれていた頃、餌をくれていた牧師夫婦の喋り方にそっくりだ。

同居している人間の娘などは、人間のくせにこれがあまり聞き取れないようで、最近は風呂場や車の中で練習をしているらしい。効果があるかはさっぱり不明だが。

『どうだ、タカシ。最近何か面白いことはあったか？』

「最近は少し家事が楽しいです」

『待ってくれ、本気か？』

「本気です。せめてこれぐらいはやらないと、その、彼女の中で僕の価値がますます盆栽マンになりそうで……」

微妙に目をそらして語る人間の男は、危機感があるようだ。

『……幼なじみと、家をシェアして暮らしてるって言ってたよな。そんなにまずいのか』

「でもそれぞれの工数を把握して、ワークフローを整えるのは面白いです。僕でも洗濯やゴミ出しができるようになりました。今は備品の置き場所の把握と、在庫管理の方法を彼女に提案できないか考えているところです」

画面の向こうの社長は、大げさにため息とともに眉間をおさえた。

『タカシ……おまえは本当にブラウニーになるつもりか』

「家事が得意な、イギリスの妖精のことですよね。前にも社長がおっしゃっていた」

『俺は人が寝てる時に仕事するって意味で、ブラウニーと言ったんだ。本当に家事の妖精になってどうする』

「何か問題ありますか」

『まあな。確かにタカシは一人でサポート業務なんかさせるよりは、マネジメントやコンサル関係の方が腕を発揮しやすいのはわかるわ』

「一応、どちらもやれるようにはしているつもりですが……」

『そういう問題じゃないんだ、タカシ。いつまで便利な妖精さんに甘んじてるつもりだ？』

相手は青い目でこちらをねめつけた。

平たい画面越しでも、その視線には圧があった。

『時差がない場所《ロンドン》に来い。おまえにしかできない、ビッグな仕事をプレゼントしてやるから』

人間の男は、ほんの一瞬だが息を止めていた。

「それは……契約外ですよね」

『一年たったんだ。見直してもいい頃合いだろう』

そこからはもっと専門的な話になったようで、猫のちゃみ様には理解できない会話が延々と続いた。

面談が終わって『ぱそこん』に社長が映らなくなった頃、外にでかけていた人間の娘が帰ってきた。

書斎に一歩足を踏み入れるなり、生き返ったような顔をしている。きっと部屋についている冷房のせいだろう。ここは母屋よりも涼しいことが多いのだ。

「おかえり、七穂ちゃん」

「今日も暑かったわー。あ、私めっちゃ汗だくだから寄らなくていいよ」

わざわざ立ち上がって出迎えた人間の男を、人間の娘は手の一振りでスルーした。その先にある椅子に腰をおろし、目を閉じてシャツの襟元に涼風を送っている。

恐らく娘にくっつきたかったであろう人間の男、空振りした手をじっと見る。

「そういえば七穂ちゃん。誕生日は何欲しいか考えた？」

「えー、母屋のクーラー」

「それはもう注文したし、工事できるの一ヶ月後って話だったろ」

「みんな暑くなって、考えることは一緒ってことだねえ」

「誕生日は、君個人の希望を考えるものだと思うけど」

「なーに、今さら真面目にお祝いしようっての？」

思うにこの二人、一緒に暮らしているのは『つがい』だかららしいのだが、ふだんの暮らしぶりは発情期を過ぎた雄猫と雌猫かと思うぐらいあっさりしている。特に、人間の娘の方にその傾向が強い。

確かにおまえ、甘えておねだりされるのはピアノぐらいだものな。

なら行くのか？　社長のいる『ろんどん』とやらに。

人間の男が観察しているこちらを振り返って、「内緒だよ」と口を動かした。

——そんなことを言われても。

こちらはひげの先から尻尾の先まで猫である。人間に直接訴えられるのは、にゃーと鳴くか爪で引っ掻《か》くことぐらいだ。

人間の男が社長と話していた言葉だって、どこまで合っているかは定かではない。

よって猫らしくあくびをして、人間同士の面倒ごとは人間同士に任せることにしたのである。

三章　競合相手と書いてライバルと読む

七月十三日、午後〇時五十五分。

茨城県沖でのM5の地震。

後でニュースを見て確かめたので、この数字に間違いはないはずだ。

東京二十三区や埼玉県南部でも、やや大きめの揺れが襲った。


その時七穂は、クライアントの一人である角田《つのだ》襟《えり》の自宅を訪問するため、埼玉県S市のマンション『ブルーソレイユ』A棟のエレベーターに乗っていた。

上昇中にいきなりガクンと大きく揺れたと思ったら、籠が停止した上に照明まで消えた。

（うそ）

いったい何が起きたのかと思った。

「止まった……？」

「故障ですかね……」

同じ籠に乗り合わせていた男性と話していると、消えた明かりが復活した。しかし籠は開かず、動く気配もない。

「ここ、ＳＯＳボタンがありますけど」

「押してみますか」

七穂が見つけた赤いボタンを押すと、管理センターらしい所と繋がった。

『地震で非常停止装置が働いたようです。係員がそちらに向かいますので、少々お待ちください』

少々ってどれぐらいだよと、狭い籠の中で思った。

「勘弁して……」

「原因が地震なら、たぶん他のマンションでも止まってるとこありますよね。気長に待った方がよさそうですよ」

男性は早々に待ちの姿勢になり、籠の奥に座り込んだ。

「大丈夫。こういうのって、簡単には落ちないようにできてるって聞いてます」

焦げ茶の髪をツーブロックに刈り上げて、恐らく年の頃は、三十過ぎぐらいだろうかとあたりをつける。

目鼻の彫りの深さや眉の濃さは、なんとなく自分と共通点があった。立っていた時の頭の位置を思い返すと、そこそこ背も高かった気もする。現在の格好は速乾性メッシュのシャツとジョガーパンツ、足下は通気性重視のマリンシューズと、夏場の機動力を重視している。そして荷物は銀色の保冷バッグに、斜めがけのサコッシュ。きっと職業はフードデリバリーあたりの配達員だろう。総じて細く見えても、この手の人間の胸板は厚い。

不安がないといえば嘘になるが、真っ先に落ち着いている人がいるのは、正直ありがたかった。

七穂も目線が合わない位置にしゃがみこみ、スマホをいじって救援を待つことにした。

「お客さんに連絡しとかないと」

「そうですね、私もです」

言いながら開いてみたニュースサイトによると、埼玉県南部の震度は五弱。五は大きい。

ひとまず訪問予定の襟のところに、遅れる旨を連絡した。

五月に待望の子供が生まれ、フリーのイラストレーターである襟は、赤ん坊を育てながら仕事を再開している。この時間は母子二人だけだろうから、危ない目にあっていないかだけは心配だった。

我楽亭の隆司からも、安否確認のＬＩＮＥが来た。猫のちゃみ様は無事。隆司も無事らしい。こちらはエレベーター内で救援待ちだと、メッセージを返す。

そこまでやっても、まだ扉は開かなかった。

（あっつい。空調きいてるのかな）

七穂は手で扇いで風を送る。

一応仕事道具が入った肩掛けバッグに、小型の水筒は入れてあるが、いつトイレに行けるかわからない状況では、飲む気にもなれなかった。

「石狩……七穂さん？」

不意に名前を呼ばれ、驚き顔を上げた。

いつの間にか同乗の男性が、スマホの画面ではなくこちらを見ていた。しかもかなりまじまじとだ。

「であってますよね。『ＫＡＪＩＮＡＮＡ』の代表さん」

「あってますけど……どうして私のことを？」

「ああ、すみません。実は私も同業なんですよ。『ラクーン・ライフサービス』で、家事代行の仕事をしてます。真田砥貴《さなだとき》と申します」

「え」

「どうぞよしなに」

人によっては男前と呼ぶかもしれない、日焼けした顔をほころばせた。

『ラクーン・ライフサービス』の名前は、もちろん知っている。この業界で知らぬ人はいない、大手の一つだ。大勢の人間がここに登録して、各家庭に派遣されている。

「男性の同業さんって、初めてです……」

「よく言われます。レアキャラで売ってるんで」

砥貴は自嘲《じちょう》気味におどけてみせる。だが、七穂も男女の数の差そのものについては認めるところだった。

今でも家事代行を依頼する人は女性が多く、知らない男性を家に入れることに、抵抗を覚える人も少なくないのだ。

目の前の砥貴は体も大きく、良くも悪くも男くさい雰囲気なので、なおさら意外だった。

「いやあ、どっかで見た顔だなあとずっと思ってたんですけど、さっき一階の呼び出し口で、あなたが『かじなな』って名乗ってたの思い出して。そうかあの『ＫＡＪＩ

NANA』かあ！　ってやっと繋がったんですよ。界隈《かいわい》じゃめちゃくちゃ有名な人じゃないですか」

「そ、そうですか？」

「新進気鋭の独立系。回ってきたんで私も読みましたよ、雑誌のインタビュー。特に私と石狩さん、担当エリアが丸かぶりしてるんじゃないですかね。今日を除いても、何回かすれ違った覚えがあるんで。『ガーデンパレスさくらの杜』とか『パインアップル・マンション』とか、いませんでしたか？」

若子に香苗。お得意様たちの顔がすぐに浮かんだ。

「確かに近いかもしれないですね」

「あー、やっぱり。あやかりたいもんです。『ヴィラ上山《かみやま》』には？」

「そこはずいぶん前に一回だけですね。ご縁がなかったんで」

「なるほど。じゃ、合わなかったから私のところに来たってわけですな。どうもありがとうございます」

——なんだと。

砥貴は具体的な名前こそ挙げなかったが、誰のことを言っているかはすぐにわかった。

『ヴィラ上山』はS市きっての文教地区にある低層高級マンションで、そこに住んでいる証券会社役員のご主人と、その奥様からお試しで依頼を受けた。七穂なりに一生懸命サービスしたつもりだったが、奥様の不満点は多く、次への指名には繋がらなかった。

（あなたにしなきゃいけないない理由がないって言われたけど。どんだけ斬新な家事がお望みなの）

お得意様になってもらえれば大きいと思っていただけに、一回切りには落胆した。

あの気難しいご夫婦を、顧客にできたのか？　この休みの日はジムで筋肉育ててそうな兄さんが？

内心唖然《あぜん》とする七穂を見て、砥貴はにやりと口の端を引き上げた。

「まあこの業界、どこまで行ってもオンナ社会ですし。石狩さんみたいに、メディアに顔売るとかはできないですけどね。少数派には少数派なりの売りってもんがあるんですよ実は」

「――どういう意味ですかそれ」

「いいや別に何も」

とっさに問い詰めようとしたその瞬間、背後の扉がガコンと音をたてて開いた。

扉に体を預けていたせいで、七穂は危うくひっくり返るところだった。

「どうも、お疲れ様です……大丈夫ですか？」

　エレベーターの保守業者らしい、作業服を着た男が顔を出した。

「あ、係の方ですか。どうも助かりました！」

　砥貴は颯爽と立ち上がり、鈍くさく床に尻もちをつく七穂の横を通って、籠の外へ出た。

「これって、他のエレベーターも使えないですよね」

「そうですね。止めてるので非常階段を使っていただけますか」

「わかりました――それじゃ石狩さん、お疲れ様です」

　最後の台詞だけ、七穂に向けられたものだった。真田砥貴は長身をかがめるように軽く頭を下げると、エレベーターホールから階段を探しに歩いていった。

「……あの、お客様。点検作業に入りたいんですが……」

　残った係員に邪魔くさそうに言われ、七穂はようやく我に返った。

　閉じ込められていたのは、正味三十分ぐらいのことだったらしい。一つわかるのは、完璧あの男にケンカを売られたことぐらいだ。

　エレベーターの扉が開いたのは四階で、顧客である角田家の部屋は十一階だったので、がんばってそこまで上った。

（なんだ、あれは）

（むかつく、奴だな！）

ようやっと目的の階に到着した。

角田襟は、泣き叫ぶ赤子を抱きかかえながら七穂を出迎えた。

「――石狩さん！　閉じ込められてたって本当ですか」

「本当です。このマンション、今エレベーター使えないみたいなんで、角田さんも気をつけてくださいね」

「気持ち悪い揺れ方しましたよね」

「それでこの床中に散らばってる物は、地震のせいですか元からですか」

「半分地震で半分元からです！」

ＯＫ。子育てと締め切りに追われ、整理整頓まで手が回るはずがないのだ。そのために七穂がいる。

「わかりました。こちらで片付けます。角田さんは今のうちに、寝かしつけと仕事を」

「助かります。お願いします」

元来襟はきれい好きで、夫の智貴《ともたか》と二人暮らしの頃も、掃除と洗濯担当だったのだ。この散らかりきった状況は、耐えがたいと思っているに違いない。

「あとすみません。今日のお料理、ちょっと下まで買い出しにいけないんで、あるもので作る感じでいいですか？」

襟は子供を連れて仕事部屋に向かいながら、「なんでも結構です！」と返した。

キッチンの冷蔵庫を開けたら、見事にすかすかだった。

（あちゃー）

思わず目を覆ってしまう惨状だった。肉らしい肉がない。魚もない。生鮮野菜は人参とキャベツとインゲン、もやしが袋に半分。米と焼きそばの麺《めん》はある。きっと七穂の買い物をあてにしていたのだろう。この家では最初に在庫を確認してから、あらためて外へ買い出しに行っていたのである。

冷凍食品も今日のためにスペースを空けていたようで、こちらもすかすかだった。

これでいつものように、何種類もの作り置きのおかずを作れというのか。

食料庫の棚を開け、七穂は腹をくくった。今から地上のスーパーとここ十一階を、買い物袋を持って階段で往復するよりは、なんでもましなはずだ。

（タンパク質は卵と……こっちの缶詰類とレトルトでなんとかするしかないな）

三角巾とマスクとエプロンをつけると、まずは米を洗って、炊飯器の内釜の中で浸水させておく。卵は鍋に湯を沸かし、半熟のゆで卵を作るところから始めた。

その間に貴重な野菜である人参を細切りにし、キャベツもざく切りにした。

フライパンで人参とキャベツともやしを軽く炒め、焼きそばの麺と水少々を入れてほぐしていく。

付属のソースも入れて、ここまでは普通の焼きそばである。

（お肉がないので、その物足りなさはこれで補います）

食料庫に入っていたレトルトカレーを、ここで投入した。

水分を飛ばす気持ちでざっくり炒め合わせれば、ソースとカレーのマリアージュが楽しめる、ボリューム満点カレー焼きそばのできあがりだ。

保存容器に移した後、茹であがった卵を冷水に取って殻をむき、オイスターソースと醬油、みりんと水を混ぜたタレを作って卵を漬け込んだ。こちらも一、二時間もすれば、味付きの中華煮卵として食べられるだろう。おかずとしてちょっと和がらしをつけて食べるもよし、後々旦那《だんな》さんがラーメンでも作る時に、トッピングしてもよし。サラダに入れてもよし。意外に使いでがあるのだ。

米の吸水が終わると調味料分の水をあらかじめ取り出し、代わりに醬油とみりんと酒を足して軽く混ぜた。さらに油を切ったツナ缶、冷蔵庫の瓶入りなめ茸を投入する。焼きそばに使って残っていた人参、刻んだインゲンなどもぱらぱらと入れて、炊飯器のスイッチを押した。

それでもまだあったキャベツ様と人参様をベースに、梅昆布《こぶ》茶で揉んで浅漬け風、中華だしとニンニクチューブとごま油で揉んでナムル風、缶詰コーンを足してコールスローサラダを作ると、徹底的にアレンジし倒した。

（こんだけバリエーションつければ、元が一緒でも飽きは来ないでしょ）

炊き込みご飯が炊けるのを待つ間に、リビングに散乱していた漫画や雑誌類を本棚に戻し、倒れた観葉植物の鉢を復活させ、衣類を脱衣所へ持っていってからドラム式洗濯機を稼働させた。さらに床にフローリングワイパーをかけていく。

家の中に醤油のいい匂いが漂ってきたら、ツナとなめ茸の炊き込みご飯も炊き上がりだ。これは全部ラップでおにぎりにして、冷凍してしまうことにした。修羅場の襟も、机に向かいながら食べられるはずだ。

後片付けをし、粗熱を取ったおかずを冷蔵と冷凍の各所に格納すれば、本日の業務は全て終了だった。

（よし、ラスト！）

遅れたぶん三十分押しになってしまったが、なんとかあるべきところに到達できた気がする。

「角田さん、終わりましたよ――」

ノックとともに彼女の仕事部屋のドアを開けたら、作業用デスクで液晶タブレットに向き合っていた襟が、振り返って人差し指を口許にあてた。

よくよく見れば、彼女の足下の大型クッションで、お子様がすやすやと寝息をたてていた。

――これはいけない、失敬した。

目だけでコンタクトを取り、少しでも音をたてないよう、忍び足で後退し、そのまま玄関から退勤した。

次の訪問先は前原若子の予定だったが、趣味で飾っていた人形とティーカップが全部落ちてしまったそうで、むしろ今来ないでくれとキャンセルになってしまった。

(大変だな)

乗ってきた車を運転して、我楽亭に帰宅した。

猫と隆司は無事との一報は貰っているが、家の方はどうなっているだろう。今さらながら心配になってきて、七穂はやや戦々恐々としながら玄関の引き戸に手をかけた。

「……ん?」

レールの途中で、がつんと何かが引っかかって止まった。

この戸口、こんなに建て付けが悪かっただろうか。何度かガタガタ動かすと、ようやく最後まで滑って戸が開いた。

真っ先に台所を見に行ったが、恐れていた食器棚の倒壊などは起きていなかった。

「よかったー、セーフ――」

一人胸をなでおろしていたら、隆司が玉暖簾をよけて顔を出した。

「七穂ちゃん、帰ってたんだ」

こちらも平常運転のようだ。

「ずいぶん早かったね」

「うん、そうなんだよ実は。最後のお宅が、地震でキャンセルになっちゃって。うちも心配してたんだけど、大丈夫そうだね」

「一応母屋の方は、全然大したことなかったんだよ。ちょっとちゃみ様がパニクって、俺のこと引っ掻いたぐらいで」

それはそれで大変ではないだろうか。

「何、他がだめなの？」

「書斎の本棚の本が、ほとんど全部外に出たね」

「えー、あそこの⁉」

思わず悲鳴が出た。洋館の目玉で、一室の壁がほぼ本棚だったではないか。

隆司はどこか疲れ切った、半笑いを浮かべている。

「ほとんどじいさんのコレクションではあるんだけどさ……」

「全集とかあったよね……戻せたの？」

「今もやってるんだけど、並びとか確かめながらだから、なかなか進まないんだよ」

「わかった。私も手伝うよ」

かくして帰ってくるなり、床が本の洪水と化した書斎を復旧することになった。

なんとか終わる頃には、夏だというのにとっぷり日も暮れていた。

「……こ、腰。腕と肩がもげるわ……」

「本棚が作り付けでよかったよ」

根性で並べた全集の背を叩きながら、隆司が言った。それは確かに七穂も思う。もし棚ごと倒れていたら、ヘタをしたら仕事中の隆司に直撃していたのではないだろうか。

「お腹減りまくりだけど、もう何もしたくないよ私……」

「俺がやるよ」

「ほんとっ」

気品のある隆司の顔が、いつにもまして発光して見えた。

「メインは七穂ちゃんの作り置きだけど」

「それでもいい。愛してるー」

昨日までの自分と、家事を仕込んだ彼氏に助けられるとは、このことだ。

茶の間で待っていれば、次々にお皿が並んだ。焼いた鶏手羽と夏野菜を白だしに漬け込んだ焼き浸しは、休日に仕込んだ七穂の作り置きだ。しかし冷や奴《やっこ》とくし切りトマトは、なんと隆司が追加してくれた。

ご飯のかわりにビールの缶を開けて、晩酌兼夕飯とした。

「お疲れ」

「お疲れさまー」

缶と缶を合わせて乾杯する。

白だしの焼き浸しは南蛮漬けと違い、酢や唐辛子が入っていないので、マイルドで優しい味になるのだ。温かくても、冷蔵庫できりっと冷やしてもいけるので、こういう作り置きのおかずに向いている。

かわりに隆司が切ってくれた大玉トマトの酸味と、刻みザーサイとネギに酢醤油をかけた中華風冷や奴で、味のバランスもよかった。

「おいしい……もう作ってもらったらなんでも嬉しい……」

「七穂ちゃんも大変だったんだよね」

「そうなんだよー。なんせ揺れた時、エレベーターの中だったから……」

地震の体験について語る時、どうしてもあの失礼きわまりない男の顔が浮かんでしまい、むかむかと腹が立って仕方なかった。

何がレアキャラだ。何が石狩さんのようにメディアで顔は売れない、だ。人が性別と顔で得をしているような言い方をしやがって。

だいたいさも弱小のような顔をしていたが、『ガーデンパレスさくらの杜』と『パインアップル・マンション』、そして今回の『ブルーソレイユ』でニアミスしているというなら、そこにもしっかり自分の顧客がいるということではないか。さらに『ヴィラ上山』にも、七穂が契約を取れなかった太客がいる――。

「どうかした？」

「……ガチで腹たってきた」

七穂はすわった眼差しで手羽先を手づかみし、勢いよくかぶりついた。

「あのさー、隆司君。いらないって言ってた誕生日プレゼントだけど、一個欲しいのできた」

「へえ、何？」

隆司が缶ビールを置いて、聞く体勢に入る。

手拭きで手を拭いてから七穂の希望を伝えると、彼は綺麗なお顔のまま十秒ぐらい固まっていた。

＊＊＊

ピンポーン。

そいつは指定した午後三時ちょうどに、まんまと玄関のインターホンを押した。だから七穂はいそいそと、足取り軽く戸を開けにいった。

「ちょっと待ってください、最近ドアの調子悪くて。よいしょっと」

「お待たせしました、ラクーン・ライフサービスで……ぅえええええ!?」

そうやって間近で真田砥貴を出迎えたら、相手は顎《あご》を外さんばかりに驚いていた。

ちょっと、いやだいぶ気分がいい。

「石狩七穂!?　なんでいる!?」

「ここ、私の家だから」

相手の目が泳ぐ。

「申し込みは結羽木って男で……まさか」

「そうです。私の名前出したら絶対警戒されると思って、同居の彼ピの名前で申し込んでもらいました」

「んだよくそおおお！」

あらあら真田さん。とてもサービス業とは思えない言葉遣いでしてよ。

実際、我楽亭は隆司の名義だし、七穂は戸籍の上でも全くの他人だし、彼が自分の名前で家事代行を頼むのはむしろ正当、なんらおかしいことでもないのである。隆司にも、そう言って説き伏せた。

「一度しっかり拝見してみたくて。レアキャラで、少数派なりの売りって奴を」

「にゃつくんじゃないよ。いい性格してるな、ほんと」

「キャンセルする？」

七穂が訊《たず》ねると、相手は深々とため息をついたあげく、首を横に振った。

「……いいや。それはこっちの流儀に反するんでね。契約した以上、義務は果たしますよ」

「ありがとう、嬉しい」

「それで実際に彼ピはいるんですよね。イマジナリーじゃなくて」

「ええそこに」

茶の間にいた隆司と引き合わせる。

「すみません。申し込みをした結羽木です」

「いいんですよ。一本取られた自分が甘いんです」

心底申し訳なさそうな隆司と、同情顔の砥貴で何やらわかり合っている感じだ。人を災害やモンスター扱いしないでほしいと思った。

隆司は砥貴の目に触れないところで、少々批難がましい視線をこちらに向けてきた。

「これでいいの？」

「ええ、ばっちり。まったく問題なし」

「何もこんなだまし討ちみたいな真似しなくても……」

「いいじゃないの。せっかくだから色々やってもらいましょう」

「家事なら俺もやってるんだけどな」

それとこれとは話が別なのだ。

人によっては敬遠されがちな男性家事代行業者だが、そこで固定客をつかむ秘訣《ひけつ》があるはずだった。ぜひともそれが知りたい。

「――で、結羽木さんと石狩さん。今日は何をしましょう。申し込みだと二時間コースでしたよね」

「あなたのお薦めは？」

七穂が聞く。

「まー、わりとなんでもやる方だと思いますよ。普通に掃除に洗濯に夕飯作りと……意外に喜ばれるのは洗車とかワックスがけとか、車関係すかね」

「あ、そこやってくれるんだ」

「普段奥さんが手を出しづらいところですからね。わりと重労働だし、タッパがないと届かないこともありますし。どうします、やっときますか？」

「じゃあお願いします」

吸い込まれるように依頼してしまった。

七穂の車は仕事にも使うコンパクトカーで、洗車はガソリンスタンドの機械洗車機のお世話になっていた。手洗いで丸投げできるのは非常に大きい。

「あとは革関係のメンテですか。革靴とか」

「磨いてくれる？」

「そう。ブーツからビジネスシューズまで。営業さんとか大抵ローテで履いてるから数もあるし、冠婚葬祭用のも合わせて光らせると気分いいって方多いですよ。定期的にやると、断然保ちもよくなりますし」

「隆司君、革靴持ってたよね。そうか、私もお通夜でパンプス履いてそのままだし。乗った！」

「まいどあり」

確かにちょっと視点が面白い男かもしれなかった。ふだん七穂が意識しない方向から提案をしてくる。

「お料理もするって言ってたよね？」

「もちろん。お二人はお酒飲みます？　つまみにもなる奴作るのは得意です」

自慢ではないが、冷蔵庫にアルコールだけは絶やさない派だ。大きくうなずいた。

「じゃ、その方向でやってみますか」

砥貴は小さく笑った。

おやと思う。白い八重歯が目立つその笑い方は、今までの小馬鹿にしたものではなく、純粋に楽しんでいる感じで、こういう顔もできるのかと思った。こちらの方がよっぽど心証がいい。

「俺、そろそろ仕事に戻るよ」

「いいよ、ごめんね隆司君。私はもう少しこの人に張り付いてようと思うから」

「こえーなー」

ぼやく砥貴について、台所に向かった。途中、ちゃみ様が寄ってきて砥貴の足を検分するように嗅《か》いで去っていった。特に怪しいところはないようだ。

まずはどこに何があるという簡単な説明をした後、砥貴はシンク下にあった鋳物のホーロー鍋に目をつけた。

「なるほど。さすがにいいやつ持ってますね」

「貰い物だけどね」

鍋は縞子の形見だ。褒めてもらうと、やはり嬉しい。

「これでなんか作らなきゃ嘘だろって感じだ。やる気出ますね」

「冷蔵庫の食材は、好きに使ってくれてＯＫだから」

「わかりました。今入ってる酒は……レモンのチューハイと生ビール。銘柄はあそこね。なるほどなるほど」

冷蔵庫を開けて、まず真っ先に酒のチェックから始めた。まさか酒の種類から献立を組み立てるつもりなのか。やはり七穂にはない視点である。

一通り食材を確認すると、さっそく砥貴が仕事に取りかかった。

三角巾がわりにタオルで髪を無造作にまとめ、『ラクーン・ライフサービス』のマスコット、アライグマの絵が入ったエプロンをつける。

台所に立って食材を切る手際は、無駄がなく鮮やかだった。後ろで見ていて惚《ほ》れ惚れするぐらいだ。

いわゆる『家のお手伝い』から発展した七穂は、たぶんここまで洗練されていないと思う。

「真田さんって、もとは料理人だったりします？」

「そう見えます？」

「なんかそんな感じ。思ったより手順がぴしっとしてるっていうか」

「もとというか……私、本業はバーをやってるんですよね」

冷蔵庫に入れていた鶏肉に串を打ちながら、砥貴は答えた。

「そうだったんですか？」

「ええ。K駅の近くに店があります。飯の注文ばかりで酒が売れない店なんですけど」

いいのか悪いのか。たぶん単価的によろしくはないのだろう。

それで昼間の暇な時間帯に、スポットで副業をしようと思いたち、『ラクーン・ライフサービス』にスタッフとして登録をしているらしい。

「基本的に代行でお呼びがかかるのは、まあ男性が多いですかね。同性だと気楽だって方とか、奥様の嫉妬《しっと》が怖いっていう単身赴任中の方とか」

「――確かに。笑っちゃいけないかもしれないけど」

「ニッチもニッチですよ」

しかしそのニッチを、この男はがっちりつかんでいるわけだ。自嘲のポーズに騙されてはいけない。

「あといかにもな家庭料理に飽きた人とか、天井の電球取り替えて欲しい人とか、そういうニッチをドラゴンボールみたいにかき集めて、一人分の食い扶持《ぶち》にしてるわけです。必要なら大型犬の散歩も、ＩＫＥＡの家具の組み立てもしますよ自分は」

実のところこの世の家事には、『女手』と同じぐらいに、『男手』を必要とするものも沢山あるのではないだろうか。依頼者の大半が女性だったら、むしろ余計にありがたく思うかもしれないと、砥貴を見ながら思った。

その砥貴は台所で料理をし、外に出れば七穂の車を丁寧に丸洗いし、再び玄関に戻って下駄箱の革靴を片っ端から磨き上げてくれた。

（おお、綺麗……）

たたきに置かれた隆司のウィングチップが、布とブラシで生まれ変わったような輝きを放っている。これは確かに、定期的にお願いしたくなるかもしれない。

「石狩さん、すみませんけどドライバーありますか？」

「え、工具のですか？　ちょっと待ってください」

靴磨きにドライバー？

七穂はいぶかしく思いながらも、茶の間の引き出しからドライバーのセットを持ってきて、玄関の砥貴に渡した。

砥貴は引き戸の玄関扉を前に、何度かガタガタとスライドさせると、片膝をついて下部の金具にドライバーを差し込んだ。

「何やってるんですか？」

「たぶんこの間の地震で、傾いたりなんかしたんじゃないですか。建て付け悪い時は、ここの戸車を調整してやれば――」

再び引き戸を滑らせると、玄関扉は嘘のようにスムーズに動きだした。

「わ、すごい」

「これでだいたい水平に戻せるんですよね」

「知らなかった。最悪業者さん呼ばなきゃと思ってたんだけど。これは追加料金？」

「この程度はサービスしますよ。単にネジ回すだけですし」

ちょっとくらっと来てしまった。

「憎い。あざとい。こういうところで顧客のハートをゲットしているのね」

「金取るぞこら」

玄関にたまって軽口をぶつけ合っていたら、仕事をしていたはずの隆司が顔を出した。

「隆司君？　どうしたの」

「——七穂ちゃん、そろそろ時間じゃない？」

言われてびっくりした。もうそんなに時間がたったのか。時計を見たら、確かに二時間たっていた。

砥貴がその場に立ち上がった。

「はい。ちょうど今、全て終了したところなんで、自分はここで失礼したいと思います」

「どうもお疲れ様です」

「またのご利用、お待ちしております」

砥貴はエプロンと頭のタオルを取り、入り口に置いていた自分のバッグを持つと、直したばかりの玄関扉から出ていった。

隆司は強ばった肩を、自分で揉んでいる。

「二時間か。思ったよりも長かったね」

「いやー、でもめちゃくちゃ勉強になったわ！」

七穂は興奮気味に言った。

ダメ元で依頼してみたが、想像以上に気づきの連続だった。

そもそもの体格差や得意分野の差があるので、砥貴と同じやり方で顧客にアプローチすることは難しそうだが、だからこそ嬉しい驚きだった。彼に固定客がいるのも、きちんと訳があったのだ。

「これは夕飯食べるの楽しみだわ。どんな味なんだろ」

さっそく台所に行ってみた。

冷蔵庫の保存容器の一つは、串に刺した鶏ももとネギの焼き鳥。塩味で、グリルでちゃんと焦げ目までつけたものだ。

「もう一つはモツ煮……じゃないねこれ。鶏皮と根菜を甘辛く煮込んだやつだね」

行儀悪くつまみ食いをしているが、下茹でがしっかりしているのか脂っぽさはなく、鶏のうまみが大根やこんにゃくによく染みていた。白髪ネギと七味をどっさり載せると、倍おいしいぞと主張している。

「こっちはイカのサラダかな。このイングリッシュマフィンに載っかってるやつはなんだろ。スライストマトと……たらこマヨ？」

隆司が説明のメモを見つけて読み上げた。

「燻製《くんせい》イカのグリーンサラダと、同じく燻製たらこのオープンサンド、らしいよ」

「あ、それだ！　あの人、師匠の鍋に色々仕込んでたわ」

燻製というとチップだなんだと特別なものが必要そうに思えるが、砥貴はホイルを敷いた鍋底に紅茶のリーフやローリエ、粒コショウや八角などの、香りが強い素材を置くだけだった。あとは網を置いて、弱火で数分燻《いぶ》してやるとのことである。

「自家製燻製ってことか」

「かーっ、しゃらくさいことやってくれるわね。隆司君、ちょっと早いけど飲もう。そして食べよう」

温めが必要な料理は温め直し、冷蔵庫のチューハイやビールとともにちゃぶ台へ持っていった。

（さあ、どんなものよ真田砥貴）

男の家事に需要があるのは認める。問題は七穂とかぶる料理の分野だ。酒より飯が出る店らしいが――レモンチューハイのプルタブを、音をたてて引き上げた。

実際に食べてみた焼き鳥も鶏皮と根菜の煮込みも、酒の肴《さかな》としては最高だった。

水気を切ってぱりっとさせたグリーンサラダに、オリーブオイルで和えたイカの切り身はこりこりと歯ごたえもよく、適度な塩気と茶葉のスモーキーな風味が素晴らしい。

「一夜干しとはちょっと違うね」

「うん。確かに燻製だわ……」

オープンサンドのたらこも火を通しすぎずにぎりぎりフレッシュなところを燻製鍋から引き上げたようで、大人な味のディップになっていた。総じて言うならどちらも死ぬほど酒に合う。特に今呑《の》んでいる、レモンチューハイの味にぴったりだ。そして思った。

「うん、これは私だったらまず作らないわ！」

「そう？」

「作れないとも言うけどさ。どっちかって言うとお店の味で、家庭の味じゃないもの」

七穂の目指したいところは、自分の軸を持ちつつ各家庭に寄り添った、いわゆる飽きのこない家庭料理だ。

砥貴の料理は自分の店があるからだろうが、強烈なパンチと個性があった。ただ、だからこそ家にいて外食気分が味わえるという利点はある。そこにお客もついてきているのだろう。

仮に組むなら、こういう全然分野が違う相手を狙うのも、一つの手かもしれない。

「なるほどなあ……ほんと世の中色々だわ」

「もう気はすんだ？　七穂ちゃん」

「ああうん、ありがとう隆司君。最高の誕生日プレゼントだったよ」

「なんでだろう。俺は全然祝った気がしないんだけど」

「う、ごめんてば」

だしにして利用したのは認める。しかしこうでもしないと、ライバルの事情など確かめられなかったのだ。

「たぶん家で済まそうとするのがいけないんだよ。旅行にでも行く？」

「私連休は無理だよ」

隆司はより渋い顔になった。不満があるらしい。どうも彼は、七穂に対して絵に描いたような誕生祝いがしたいようだ。

つきあって一年、それ以前の放浪や引きこもり時代を合わせれば、ずいぶん人間らしい欲求が出てくるようになったものだと思う。

「なら隆司君。一緒に買い物行こうか」

「スーパーと近所のイオンっておちはないよね」

「当たり前だよデートなんだから。指輪とかネックレスは、私が家事で引っ掛けそうだから無理だけど、ピアスなら着けられるから。それ買ってよ」

都内に出てぶらぶらウィンドーショッピングをして、ちょっといいご飯でも食べて帰ってくれれば、立派な一日デートだろう。

「買い物でピアス。わかった調整する」

ものすごく真剣に言った隆司は、どういうツテなのかジャズバンドのチケットもセットで付けてきて、ライブの前後で買い物をしようという流れになった。

当日は、朝からなかなか楽しかった。

ふだん化粧っ気のない顔面にポロシャツと綿パンで活動している七穂だが、久しぶりに下地から顔を作ってスカートを穿《は》いた。

「じゃーん。どうよ」

全体的に盛りが過ぎたのか、老猫のちゃみ様はいっこうに同じ部屋に入ってこようとしないが、人間の受けはそこそこだった。

「すごく綺麗だ」

うんうんと、何度も首を縦に振っている。

隆司の海外暮らしは七歳までだったはずだが、わりと歯が浮く台詞を平気で言う奴なのだ。

そういう隆司も、涼しい色のサマージャケットとVネックのシャツがよく似合っている。たぶんこの間砥貴に磨いてもらった、ウィングチップの革靴と合わせれば完璧だろう。

「文明人だ。文明人だようちら」

「東京もまただいぶ変わってるんだろうな……」

情けないこと言うな、実家世田谷《せたがや》だろう。

「じゃあねー、ちゃみ様。お土産買ってくるから」

そうやって隆司と二人、無駄にはしゃぎながら我楽亭を出た。

行き先は都会でも特に変化の激しい渋谷《しぶや》で、学生時代によく行った店や建物がなくなる一方、新しくできたショッピングビルや路面店を、隆司とカップル面してはしごした。

三軒目に覗いたジュエリーショップに、シンプルで使いでの良さそうな一粒ダイヤのピアスがあったので、それを二十八歳の誕生日プレゼントとしてもらった。

「どうも、ありがとうございます」

「しまわないで使ってよ。よく似合ってたから」

今も自分のバッグに入っているジュエリーケースの存在が、なんだか面《おも》はゆくてくすぐったい。久しく味わっていなかった感覚だった。通りすがりの窓ガラスに映る姿も含めて、自分が自分でないし、隆司が隆司でないような感じがする。

そして締めのライブはやはり圧巻で、有名なヴァイオリニストとビッグバンドの編成で音のフルコースを堪能した。

電車を乗り継いで、埼玉の地元駅に帰ってきてからも、まだ七穂の頭の中で音楽が鳴り続けていた。

「——やー、やっぱ生音いいわー」

「七穂ちゃん、前向いて歩いて」

「ヴァイオリンの人もガチで変態だったー。なんであんなアドリブ入れまくりなのに、キメがぴたっと合うんだか」

自分が吹奏楽部出身で、根が大編成なのを再確認してしまった。人数が多いと音の厚みが違う。ステージと席が近かったのも僥倖《ぎょうこう》だった。こうなると自分でもまた演奏がしたくなってしまう。

沢山の音がこぼれ落ちそうな気持ちで改札を抜けたら、横の隆司に笑われた。

「何、もしかして鼻歌出てた?」

「そうじゃなくて。楽しんでくれたならよかったと思って」

思わず赤面しかけたが、そういう理由なら問題なかった。

「うん、楽しかった。すごく。たまにはこういうのもいいね」

我楽亭での暮らしは毎日穏やかだけれど、外にでかけて刺激を受けるのも悪くはなかった。

お互い抵抗もないというのなら、これからはちょこちょここういう機会があってもいいのかもしれない。まるで最初から普通の恋人同士のように、デートらしい時間を増やすのだ。次は大きいホールじゃなくて、ライブハウスに行きたい気もする。

「ねえ、どうせなら帰る前にもう一軒寄ってかない？」

「どこ？　ここで？」

「K駅の近くにバーがあるって聞いたんだよね。確か名前は『Pot』とか言うの――」

あらためて検索してみたが、前に隆司とまずい肉じゃがをつついた居酒屋の近くだった。これはますます好都合だ。

雑居ビル一階の、煉瓦《れんが》造りで窓がない外観のドアを開けると、中は十席ほどのカウンターだけの店だった。

分厚い木製のバーカウンターの内側に、真田砥貴が立っていた。

「いらっしゃいませ」

昼間のスポーティーな格好と違い、今の砥貴は前髪をオールバックに整えて、糊《のり》のきいた黒シャツを着て、ずいぶんぱりっとした印象である。

格好を意外に思ったのは砥貴も一緒だったようで、こうして入ってきた客が七穂と隆司と気づき、目を見開いていた。

「おやおや。石狩さんじゃないですか。見違えましたね」

「どうも。お邪魔しちゃいました。今って大丈夫ですか？」

砥貴はすぐに皮肉げな顔つきで笑った。

「ご覧の通り、暇してたので。歌っても踊っても結構ですよ」

「本気にしますよ。何せ私たち、さっきまで渋谷でジャズ聴いてきたところなんです」

「やめてください。やっぱ黙ってて。嫌な予感がする」

何おう。セットリストをエア楽器の振り付きで再現してやろうと思ったのに。

「七穂ちゃん、この店って――」

「そうなんだよ、真田さんのお店。おいしいもの食べさせてもらおうね」

「あんたらまで酒より食い物ですか」

「だってお腹減ってるんですよ」

何しろライブに備えて、夕飯が早めだったのだ。パワフルな演奏を聴いていると、カロリーを消費した気になる。飲み物もちゃんと注文するので許してほしい。

最初はぶつくさ言っていた砥貴だが、七穂たちが席につくと、ちゃんとリクエスト通り料理を作って出してくれた。

「――はいどうぞ。カルボナード」

なんともぞんざいに置かれたのは、牛肉の煮込み料理のようだった。

ナイフを使わずフォークだけで食べられるよう、小さめにカットしてある。一緒に煮込まれた玉ネギの透き通り具合からしても、長い時間弱火で仕込んでいたのが窺《うかが》えた。皿に添えられたアスパラの緑が鮮やかだ。

「カルボナーラではなく」

「カルボナード」

「初めて聞く料理かも」

「日本語にするなら、牛肉のビール煮ってとこかな」

「あ、それならわかる」

小麦粉をはたいた牛すね肉をバターで焼き付け、玉ネギを加えてからブイヨン、水、ビールでじっくり煮込むらしい。ワイン煮同様、ビールの成分で肉が柔らかくなるのだそうだ。

「こういうビールを使う料理に、ビールって頼んでいいものか迷うんだけど。何が合うの？」

「別にビールで問題ないですよ。カルボナードはベルギーの料理だから。現地のビールを頼むのは間違いない。ワインでもいいけど」

「じゃ、真田さんのお薦めで、飲みやすい奴お願いします」

「結羽木さんは？」

「……俺も一緒で」

砥貴がグラスで出してくれたのは、ベルジャン・ホワイトと呼ばれる白ビールだった。

泡立ちはしっとりきめ細かく、色味はほのかに白く濁った薄黄色。飲んでみるとふだん飲んでいる日本のビールと違いやや酸味が強く、フルーツのような後口が印象的だった。

「あ、おいし。カクテルっぽい」

ホップの苦みは控えめですっきりさわやか。コリアンダーとオレンジピールが香り付けに使われているらしい。

そして砥貴が『合う』と保証していただけあって、カルボナードとの相性は最高だった。固いはずのすね肉は口の中でほろほろと解けそうで、ビール特有の苦みもまったくない。ベルジャン・ホワイトの華やかな飲み口を楽しみつつ、とろみのあるスープにバゲットをひたして食べると大変幸せな気分になれた。

「もう一個だけリクエスト。今度は気分を変えて、デザートなんか頼めたりします?」

「ほんとに贅沢な人だね。ちょっと待ってくださいよ」

「文句は言いつつやってくれる！　ありがとう！」

こちらのカルボナードがなくなる頃、砥貴は七穂たちにデザートのケーキとコーヒーを出してくれた。

（あら可愛い。チョコケーキじゃないの）

長方形の薄く切った断面には、砕いたクッキーがふんだんに仕込んである。

「もしかして真田さん、これ自分で焼いたの？」

「焼いてはないんですよ。湯煎《ゆせん》したチョコにバターと卵を溶かして、クッキーと一緒に型に流して固める感じで」

「へー……また乙女でシャレオツなのを」

「あなたいくつですか」

「おばあちゃん子だったから、これでいいの」

しかしケーキとコーヒー。一気に雰囲気がバーから喫茶店になる。

それもいいかと思い、お手製のチョコケーキを一口食べてみた。生チョコに似たしっとり密な口当たりで、噛みしめる前から口いっぱいに広がっていくのは、チョコレートの甘さと洋酒の香りだ。

濃い。

ものすごく酒の味が濃い。ラムでもブランデーでもない。

「真田さん、これ……ウィスキー？」

「正解。クッキーの方に死ぬほど『山崎《やまざき》』染みこませてますから、酔っ払わないようにしてくださいね」

「無茶を言うなー」

食べていてすでに、胃のあたりがぽかぽかしている。砥貴はしてやったりとばかりに、口の端を引き上げた。

「う、でもおいしいわ。ケーキのチョコ成分と、お酒の味が絶妙」

「ウィスキーの香りとチョコレートのカカオの香りは相性がいいんですよ。甘みに渋みや苦みっていう共通点もありますしね。だからウィスキーのつまみにチョコを合わせるのは、昔からやってることなんです」

「でもこの度数の高さは夜向きっていうか、昼の喫茶店じゃ出せないよね……」

「その通り。うっかり運転とかさせられませんし」

なんという酒カス向けのスイーツか。

そして一緒に出してくれた深煎りのブラックコーヒーが、ケーキの酩酊《めいてい》するほどの甘さをほどよく中和してくれた。たぶんここまでがセットで完成する食べ物なのだと思った。

「……真田さん。こういう本格的なメニュー仕込んどいて、酒だけ頼めって無茶でしょう」

「おかしくないかそれ。こっちはリクエストに応えてただけなのに」

「自業自得。自分でも楽しんでるでしょう」

そして七穂の腹も決まった気がした。

やっぱりこの人だ。絶対に獲りたい。

コーヒーカップをソーサーに戻してから、意を決して七穂は言った。

「真田さん、最近は家事代行の仕事どう？　やっぱり大手は働きやすい？」

「まあ、善し悪しってところですか。大手だけあって方針がしっかりしてるし、マニュアルが懇切丁寧でね。あんまり謳《うた》い文句にないサービスはするなって、最近は担当営業に睨まれてますよ。他と同じことしてたら立ち行かないってのに」

「そう。なら、うちで働かない？」

「……はい？」

「うちで、『KAJINANA』で」

カウンターの向こうにいる相手の目を見て、喋っているうちに早口にならないよう、そこだけは心がけた。

「今まで通り、お店の片手間でいいから。予約のプラットフォームを一緒にして、真田さんに指名が入った時はインセンティブもプラスでこんだけ付ける。真田さんは好きなように仕事して。それでお互い休みたい時とかお客さん融通したい時に、フォローし合える体制にしたいの」

恐らく今砥貴が『ラクーン・ライフサービス』で働いているより自由度が上がるし、お金も手元に多く残るはずだ。

「どう？」

「……どうって。そりゃ本当ならありがたいお話だと思うけど」

喋りながら片付けの手を動かす砥貴は、縞子の時ほど動揺した感じはなかった。ただ、あまり刺さった手応えもなかった。

「私は本気だけど」

「そういう大事なことはね、焦らない方がいいよ。ほら、身内の人ともよく話し合ってから決めた方がよくない？」

半笑いでかわされた。

通算二度も、石狩七穂はふられたのである。


ありていに言えば。

「む、か、つ、くー！」

砥貴の店を出て、タクシーを捕まえるため駅前へ戻る間も、七穂は憤っていた。むしろ時間が経てば経つほど、荒ぶる要素が増えてくる気がした。思い出し怒りは記憶を定着させ、より増幅させるのだ。

「こっちはね、長いこと考えた上で、真面目に誘ってるのにさ。なんなのあの言い草。今さら誰にお伺い立ててろっての？　父さん？　まさか恵実子？」

ある意味奴は、七穂の逆鱗《げきりん》に触れてくれた。

正真正銘『ＫＡＪＩＮＡＮＡ』は、七穂が自分一人で決めて、立ち上げから軌道に乗せるところまでやったものだ。親は援助するどころか、最初はかなり反対された。誰の顔色を窺う必要もないのである。

「私も甘く見られたもんだよ。ねえそう思わない、たか――」

同意を求めようとしたところで、はたと思い出すものがあった。

あの時、カウンターの砥貴は七穂と一緒に誰を見ていた？　隣にいた隆司ではなかったか？

もしかして、砥貴が言う『身内の人』とは、隆司のことなのか？　そんなまさか。

「あのさ、隆司君は私が誰と組もうが、反対なんてしないよね。人を増やしたいっていうのは、前から言ってたし……」

話している間、隆司のこちらを見る目がずっと真顔で、七穂はだんだん怖くなってきてしまった。

相手が男だからと彼氏に懸念を示されるなんて、そんなベタな話が自分の身に起こるはずないと思っていた。

ロータリーの明かりに照らされながら、隆司が伏し目がちにため息をついた。

「……正直、気分はよくないよ」

嘘だろう！

ジャケットの肩を揺さぶってやりたかった。目を覚ませ。

「真田さんは頼りになるし、俺に提供できないもので七穂ちゃんを助けられる。こっちは洗濯機の回し方をようやく覚えて喜ぶレベルだし、七穂ちゃんが夢中になるのもわかるんだ」

「夢中って。意味が違うよ」

「そう思おうとしたよ。思う端からこれはないよ。あの店で俺のこと、完全に忘れてたよね」

日頃温厚なはずの隆司が、静かに怒っていることだけは、嫌というほど伝わってきた。

「せめて今日ぐらいは、あの人のことは忘れてほしかった」

「待って。意味がわからない。違うって言ってるのに何なの？　なんで？　どうしたら納得してくれるの？」

隆司は色の薄い瞳でじっとこちらを見つめた後、言った。

「俺と結婚して」

遥か彼方《かなた》、成層圏のさらに上、宇宙空間に放り出されたようなショック。体中の血が逆流するかと思った。

「だ——誰がそんなんでするか！」

キイイイイ！

深夜の駅前ロータリーに、甲高い急ブレーキの音が響き渡る。バス停を出た最終バスと、いきった感じのミニバンが、合流の手前で衝突しかけていた。

他方で自分の話だ。

完全に頭に血が上っていて、売り言葉に対する買い言葉、顎をしゃくらせ気味に打ち返してしまったが。

もしかしたら自分は、ああやってブレーキを踏むべきところでアクセルをベタ踏みした——そういう間違いを犯したのかもしれない。

四章　あれってどういう意味ですか？

朝ご飯は、時間が許すかぎり和食を作ることにしている。

しかし八月もお盆時ともなると気温の上昇著《いちじる》しく、蟬《せみ》の鳴き声も朝から元気がなくて弱々しいぐらいだ。そういう時は、極力火を使わないご飯の研究をしたくなる。

(まずは軽くレンチンした冷凍ご飯を、水で洗う……)

ザルで洗って水気を切る。こうするとご飯の粘り気が取れて、お茶漬けにふさわしいサラサラ米になるのだ。

合わせる具材は紫蘇と茗荷《みょうが》、そして叩いた梅。余裕があれば柴漬《しばづ》けや沢庵《たくあん》なども細かく切る。

ご飯にかける出汁も、火は使いたくないので水に溶ける粉緑茶、そして濃縮の白だしを合わせて使うという徹底ぶりであった。

水切りした冷やご飯に、さきほど切った薬味を載せ、作った緑茶の出汁を回しかける。外気のせいで水がぬるくて、できた出汁もぬるい場合は、氷を一個追加。胡麻ともみ海苔をかければ、きりりと冷えた冷製出汁茶漬けのできあがりだ。

「隆司君、朝ご飯できたよ」

「ありがとう。俺が持ってくよ」

台所に顔を出した隆司が、七穂の作ったお茶漬けの茶碗を茶の間に運んでくれた。

そのまま二人、ちゃぶ台でさらさらとお茶漬けをかきこむ。

「冷たいお出汁もいいもんだね」

「あ、でしょ？　こう暑いと極力火は使いたくなくてさ」

「食欲もなくなりそうだけど、これは梅も利いてて食べやすいよ」

「夏バテ？　隆司君すぐご飯抜くから気をつけてよね」

「七穂ちゃんには敵いません」

悪かったな。三十八度の風邪でも食欲が落ちない女で。

このお茶漬けも、紫蘇の爽やかな風味と梅干しの塩気が、暑い一日を乗り切るパワーをくれる感じがするのだ。

開けっ放しの窓からは、熟れたイチジクの香りが漂ってくる。日陰も気温が高いので、我楽亭に来る外猫の数も減り気味なのが心配だ。

「……ほんと、今日も暑くなりそうだこと」

「がんばって。お盆が明けたら、クーラーの取付け工事の人が来るって言ってるから」

この家で八月の暦《こよみ》を迎えるのは何度目かだけれど、そのたびに抱える気持ちが違うのはどういう巡り合わせなのだろう。

こうしてふだんは、普通に会話ができる。AIの仕事ではない、なんということのない日常の会話だ。隆司は綺麗な箸使いで箸休めの煮豆をつまんでおり、癖のない前髪が扇風機の風になびいている。

とりあえず今は、目の前の男の考えがさっぱりわからなかった。本当にさっぱりだ。誰か助けてくれという気分だった。

「髪、結構のびたね」

「うん、さすがに鬱陶しい。もう切らないと」

誕生日プレゼントを買いに都会へいった帰りに、隆司から結婚してくれと言われた。そして反射的に断ってしまった。あまりにびっくりしたものだから。ちょうど先月、七月末のことだ。いいや、あれはそもそもプロポーズだったのかという疑問さえ残る。

――誰がそんなんでするか！

七穂の返事を聞いた後、隆司の全身からすっと何かが引いたのだ。まるで波打ち際の引き潮のように。

『ごめん、そういうことが言いたいんじゃないんだ』

『え、だって――』

『本当にごめんね。忘れてくれる？』

ダメ押しのように微笑んで、それっきりだった。タクシーを捕まえて我楽亭に戻ってきて以降、隆司は結婚のけの字も出さず、何事もなかったように日々を過ごしている。

釈明をしたいような気持ちもあるし、相手からは忘れてくれとも言われているし、七穂としては中途半端に煮え切らない状態がずっと続いてしまっていた。

「――さてと。食べたら仕事開始かな」

「本社がイギリスじゃ、お盆休みはないか」

「七穂ちゃんも休みなしだろ？」

「これは自分で決めてるやつだからね」

七穂は苦笑してみせた。文句は自分に言うしかなく、完全に自業自得だ。

洗い物やその後の家事は、在宅の隆司に任せ、『ＫＡＪＩＮＡＮＡ』の仕事をしに出発した。

移動中、スマホ経由で車のカーステレオから流すのは、ポッドキャストの英会話講座だ。入浴や運転時のみのぶつ切りでは、大した効果はないかもしれないが、すでに習慣になりつつあった。

しかし今はシンディが何を話そうが、ロブが週末に何をしようがどうでもよく、あまり集中できない。

(結婚したいなんて、本気? あいつ、いつからそんなこと考えてたんだ)

そんな益体もないことばかり考えてしまう。

あの時、知っているはずの隆司が、まるで知らない人間に見えた。

ずっと一緒に暮らしていた人間の変化に、ついていけない自分に落ち込みそうだ。

何より申し出を断った時の、踏んではいけない地雷を踏み抜いてしまった感。嫌な引き潮の正体はなんだったのか。

知りたいような、恐ろしくて知りたくないような。

「おはようございます。『KAJINANA』の石狩です!」

本日最初の訪問先は、去年の秋から通い続けている、阿部《あべ》親子のところだった。

一軒家のインターホンを押すと、『はーい』とあどけない子供の声が響き、次いで玄関ドアが開いた。

「いらっしゃい、七穂ちゃん!」

阿部家の一人娘、茉里奈《まりな》嬢だ。ただいま小学三年生で、ご覧のように母親亡き後も元気にすくすく育っている。ひまわり柄の水着姿で、腰に浮き輪をはめたまま出てくるぐらいには、元気にすくすく育っている。

「どうもありがとう、茉里奈ちゃん。楽しそうだね……」

「うん。いまパパとプール入ってるから！」

茉里奈に引き続いて、父親の俊介《しゅんすけ》も奥から顔を出した。こちらはラッシュガードに海パン姿で、ミラーレンズのサングラスまでかけていた。

「おはようございます、石狩さん。こんな格好ですみません」

「満喫されてますね……」

「そうなんですよ。なんか凝り始めたら楽しくなってきちゃいまして」

気恥ずかしそうに言う俊介は、都内の保険会社に勤める堅実な四十代だったはずだ。

リビングには陽気なハワイアンミュージックが流れ、庭に日よけのテントと大きなビニールプールが出ていた。これか、茉里奈が言うプールとは。

「夏休みと言っても今年は妻の新盆《にいぼん》で、遠出はできなかったですから。せめて気分だけでもと思って」

「ああ……そうですよね」

ふだん元気なことで忘れそうになるが、この二人にとっては、亡くしたママを初めて迎えるお盆なのだ。

七穂の脇を通って、茉里奈が浮き輪ごとプールに飛び込んだ。住宅地に上がる、ささやかな水しぶきがまぶしかった。

「パパ！」

「はいはい、今行くよ――それじゃあ石狩さん。後をお願いできますか」

「お掃除とお洗濯と、あと今回はお昼ご飯作りでしたよね。承ってます」

俊介はサングラスを頭の上にずらすと、娘の後を追ってビニールプールの人になった。

よっこらせと膨らんだ枠をまたぎ越え、腰より下の水に体をひたして息をつく様は、海やプールというより温泉のそれだが、気持ちいいなら問題ないだろう。茉里奈がそこに水鉄砲を発射した。

七穂は夏を楽しむ親子を横目に見ながら、自分の仕事をすることにした。

洗濯機でたまった洗濯物を回し、細々と散らかったものを片付け、最後はお昼の準備のためにキッチンに立つ。

（今日は牛のミンチで、ハンバーグの予定だよ）

ボウルにひき肉と塩を入れてよく練り、さらにみじん切りの玉ネギと牛乳でふやかしたパン粉を入れるところまでは、いつも通りの工程だ。七穂は今回そこに、茹でて刻んだほうれん草と、すりおろして水分を切ったじゃがいもを投入した。

（かさ増しにもなるけど、じゃがいものおかげで食感がふわふわのもちもちになるんだよね）

年寄りにも柔らかくて食べやすくなると言っていたのは、師匠の縞子だ。

実際に作ってみたが、高齢者やお子様はもちろん、冷めても柔らかいのでお弁当用や、普通のハンバーグが苦手な人にも食べやすいものができたと思う。こうしてありがたく活用させてもらっている。

できあがったハンバーグは食べやすい大きさに丸めて、蒸し焼きにする。その間に付け合わせの野菜を切っていく。

ハンバーグが焼き上がったら、軽く油をぬぐってからウスターソースとケチャップを絡め、これはひとまずできあがり。

カレー皿にご飯を盛り、その上にサラダ菜や切ったキュウリ、パプリカなどの野菜をどっさり載せ、今できあがったほうれん草とじゃがいものハンバーグをメインに据《す》えた。

（あとは目玉焼きを乗っけて、ハワイのロコモコっぽくしよう）

これは今かかっている、ウクレレのＢＧＭに引っ張られた形だ。

最後の仕上げは、魔法のドレッシング。

マヨネーズ、レモン汁、練乳を混ぜたソースを、上から肉と野菜にさっと回しかけた。甘酸っぱいこいつが、おいしいものをよりおいしく、苦手な食材も劇的にとっつきやすくしてくれるはずである。

これにてワンプレートのロコモコ風ハンバーグ丼、完成だった。

「阿部さん！　お昼ですよー！」

庭の親子に声をかける。

夏休みを満喫している二人が、プールの中から出てきた。キャンプ用の椅子に置いていたバスタオルで体を拭いて、掃き出し窓からリビングに上がってくる。

「お疲れ様です。こっちにご飯できてますので」

「ありがとうございます。茉里奈、手を洗って、このまま食べちゃうか」

「いいの？」

「今日だけだぞ」

「プールサイドのご飯だもんね」

茉里奈はきらきらした目で手を洗いに行き、食事が用意されたカウンターのスツールに、水着のままよじ登った。たぶん今だけ、お行儀も盆休みだ。きっとこういう特別感も大事なのだろう。

「ハンバーグ！　目玉焼きもついてる！」

「おお、おいしそうだな。よかったな」

二人はさっそくスプーンを手にして食べはじめた。

「なあ茉里奈、これハンバーグにほうれん草入ってるけど、大丈夫か？」

「ぜーんぜん平気。見て、もうこんなに食べちゃったし」

「やったな。すごい」

茉里奈は鼻高々だ。

七穂もちょっと嬉しかった。鳴瀬姉弟に鍛えられたおかげで、偏食案件にはだいぶ強くなった気がする。

「阿部さん。ハンバーグは多めに作ったぶんは冷凍してあるので、茉里奈ちゃんの学童のお弁当にも使えると思います」

「本当ですか。それは助かります！」

夏休み期間のお昼どうする問題は、どこのご家庭も頭を悩ませているようだ。ふだんは俊介も仕事があるので、茉里奈はお弁当持参で学童に行っているらしい。

二人がランチを食べ終えるのを見届けてから、七穂は阿部家を辞した。

門を出たところでいったん振り返ると、駐車スペースの車に隠れて、再びビニールプールでくつろぐ親子の姿が見えた。

（いいなー、私も海かプールでまったりしたいわ）

だが現実は残酷だ。自分の車を駐めていたコインパーキングに戻ってくれば、運転席のドアを開けただけで灼熱《しゃくねつ》の空気が顔面を襲う。

これは駄目だ。死んでしまう——中の熱気を外に逃がす間、手持ちぶさたでスマホを取り出すと、友人から連絡が来ていた。

(ヨーコだ)

フルネームは辺見《へんみ》庸子《ようこ》。七穂が大学時代に組んでいたバンド仲間であり、今は『KAJINANA』の予約サイト関係で繫がっているWebデザイナーである。

『次の更新どうすんの？　なんか変えたいとこあるって言ってたよね』

そういえば、そんなことを言っていたような気もする。

庸子には今も、定期的なサイトの更新やメンテナンス作業などでお世話になっている。そろそろ中身を変えたいと、ほのめかした記憶もあった。

ようは新しい仲間が見つかったら、その人のプロフィールと予約枠を掲載したいと思っていたのだ。現状では全てが宙ぶらりんのまま、ストップしてしまっているが。

(ごめん。今はちょっとごたついてて、進められないや。なかったことにして)

そういう趣旨の返信をしたら、即時に電話が呼び出しで震えはじめた。

「ヨ、ヨーコ？」

『なかったことって何よ、なかったことって！　そういうの一番困るんだけど！』

名は中庸を表していながら、態度と発言は常に尖《とが》っていた。挨拶や雑談抜きにすぐ本題に入りたがるのは相変わらずだが、今回はひどく怒ってもいた。

「ご、ごめん。でも本当に今は無理なんだ。今回はいつものだけで。ほんとごめん」

『景気悪いなあ。そんなにごたついてるの？』

「――ここでは喋れん！」

とてもではないが神経がもたない。

『ああそう。なら、日が落ちてからならいい？　打ち合わせってことにしとくから』

愚痴と酒の入った打ち合わせを提案された。いっそそれもいいかと思った。

待ち合わせは庸子の会社の近くにして、心を無にして夜まで働いた。

でかける前にいったん車を我楽亭に置きに行き、ついでに母屋に寄ってシャワーを浴びてから着替えをした。

「隆司君。私これから出かけるよ。ヨーコと飲んでくる」

「うん、いいんじゃない。楽しんできな」

書斎で仕事中の隆司は、そこだけ軽く振り返って、また元の位置に戻ってキーボードを叩き始めた。

「俺もちょっとやることあるからさ」

やることね。

――楽しんできな、なんて。そんな難しいことをおまえが言うなと思った。


場所は新宿《しんじゅく》にあるタイ料理屋で、すでに辺見庸子は半個室の席についていた。前に会った時と、髪の色がまた違う。ワインカラーのベリーショート。絞り染めのタンクトップにゆったりしたタイパンツ姿で、ご当地ビールのシンハーを飲んでいる姿は、日本人にも会社員にも見えなかった。服装規程が緩いところも探せばあるのである。

「よ。先に始めさせてもらってるよ」

「見ればわかるよそれは。すでに宴もたけなわじゃん。相席いいですかって気分だよ」

料理も複数到着していて、向かいに座るのもためらわれる感じだったが、気にせず尻をねじこむしかなかった。

「で、なんで石狩七穂はそんな景気悪いの」

「話せば長くなることながら……あ、店員さん。蟹《かに》と卵のカレーと青パパイヤのサラダ、あとマンゴーモヒートください」

夜になっても東京の気温は蒸し風呂のようだったが、唐辛子とニンニクとライムたっぷりのタイ料理はよく合った。パクチー嫌いの隆司がいないので、今日は好きなだけ追いパクチーをすることもできる。ついでに友達にこのどうしようもない状況を話して判断を仰ごうと思った。

「——つまり？　あんたは彼氏のプロポーズを勢いで断って、それから気まずくてどうしましょうって話？」

「そういうことなんだと思う。たぶん」

「くっだらない」

ここまで一刀両断されると、いっそ気分が良かった。そうか、やはりくだらないのか、これはと思った。

「だってケンカしてる途中だったんだよ？　そんなこと言うなんて思わなかったんだよ」

「そもそも七穂、あんた結婚したい人だったっけ？」

「いや、別に……」

そのあたりについての願望は、自分でもかなり希薄だと思っていた。

無職の頃は結婚に逃げるのだけはしちゃいけないと思い、特技が家事だと自覚しても、婚活よりは就職だと本気で公言していたぐらいだ。たぶん母、恵実子の影響もあったと思う。あの人は資格と正社員こそ至高と思い、専業主婦にいい顔をしていなかったから。

今は母もそこまで頑なではないし、七穂の仕事も認めてもらえている——と思う。そう。もはや逃げと言われる要素はどこにもないのに、どうしてこんなに自分は戸惑っているのだろう。うろたえている自分が一番わからない。

頬に落ちてくる髪をかきあげたら、右耳のピアスが指に触れた。隆司から貰ったダイヤのピアスだった。二十八歳になった記念品。

友人知人を見回しても、結婚して子供まで産んでいる子がそこそこ出てきた。決して相手の申し出が突飛なわけでも、まして『早い』わけでもないことは、自覚しているべきなのだろう。

ただ自分たちの間に、そういうのはないと思っていた。なぜか不文律のように信じていた。最初の関係が、お世話する側される側の休職当番だったからだろうか。

あの楽園のような場所で癒される時間が、ずっと続くものだと思っていた。

でももう隆司はとっくに立ち直って、自分の足で立っているだろう。それすら自分は認めようとしない気か。そちらの方がより酷いだろう。

「……よくわからないんだよね。相手とはまあ、リハビリの延長線で楽しく暮らせればいいやぐらいの気持ちで一緒にいたから……」

「向こうはそうじゃなかったってことか」

七穂はううと唸った。自分がひどく鈍感で高慢な人間に思えてくる。

「でもいいんじゃないの？　嫌だの意思表示はしておいて。火のないところに横恋慕で煙立たせてごちゃごちゃ言う奴って、一番邪魔。うちらのバンドもそれで壊れたでしょ」

「あったねー……」

「最悪だった」

今となっては懐かしい話だ。あの時は外野の彼氏に遠慮し、バンドを抜ける抜けないで騒いでいたキーボードを、冷めた目で見ていたドラムとベースだった。

自分はあのキーボード嬢になったのか。

だったらもう少し、優しい言葉もかけてあげられたかもしれない。

渦中にいると、何が正しいのかわからなくなることだってあるだろう。

「彼氏にも忘れろって言われてるんでしょ？　なら遠慮しないで、相棒口説き落とせばいいじゃない」

「でもなんか……それやったら今度こそ隆司君の中で切られる気がする」

「いいじゃん切らせとけば！」

「やだ」

「めんどくさい！」

そう面倒くさいのだ。あなたに私の気持ちの何がわかると、反発する心が生まれてくるから。

（参ったね）

好き勝手動いているつもりで、一番現状維持に固執していたのは自分だったという事実。意外と自分が臆病で湿っぽい奴なのだと再確認する。

トマトだと思って青パパイヤのサラダを噛みしめたら生唐辛子で、七穂は咳き込みながらタイビールを追加で注文した。

終電までは時間がある。こうなったらとことん深掘りして飲むしかないと思った。

＊＊＊

――ついに来てしまった。

間口が狭く看板が小さい店というのは、常連にとって棺のように落ち着くが、一見《いちげん》の客を拒絶するようにできていると隆司は思う。

こうやってバー『Pot』を訪れたのは、正確には二度目だが、自分の意志ではこれが初めてのことで、感覚としては初回に近いものだったろう。

入り口の分厚いドアを開けて中に足を踏み入れると、外観の静寂さに比べて人が多かった。手前のハイスツールは、ほぼ客で埋まっている。

一瞬引き返すことも考えたが、店主の真田砥貴が声をかけてくるのが先だった。

「──いらっしゃいませ。お一人様ですか。こちらにどうぞ」

如才《じょさい》なく空席を勧められ、隆司は会釈をしながら、最後に残っていたスツールに腰掛けた。ネクタイもないのに、意味もなくワイシャツの襟元に手をかける。

砥貴が気さくに微笑んだ。バーテンダーの格好をした体軀《たいく》は厚みがあって、簡単には揺らがない頼もしさがあった。

「今日は、石狩さんは抜きですか」

「そうです。彼女は友達と飲んでくるようなので……」

だからこうして、一人で砥貴のもとを訪ねることができたのだ。

「ご注文は？」

「ウィスキー。ロックで」

「いきなりハヤシライスとか生姜焼きとか言い出さなくて、ありがとうございます」

「ねえそれ、うちらへの嫌み？」

隣の席で飲んでいた女性客二人が、冗談めかして声をかけてきた。

彼女たちはまさにそのハヤシライスと生姜焼きを食べているところで、軽口が叩けるのは常連ゆえなのだろう。

そして隆司は隆司で、あまり食に執着がない。千登世の教育で舌自体は肥えていると七穂は称していたが、七穂や砥貴のように人生を懸けるには、その方向への熱が大きく不足しているのは認めざるをえなかった。

「真田さんの料理がおいしいからですよね」

「そうそう。私たち悪くない」

砥貴が「三対一ですか、参りました」と苦笑しながら、隆司の酒の準備を始めた。

しばらくしてカウンターに、口径の広いロックグラスが置かれる。

「お待たせしました」

琥珀色《こはくいろ》のウィスキーが氷に透けて、艶《つや》のある輝きを放っている。

隆司は一口それを飲んでから、あまり味わわずに用件を切り出した。

「真田さん。今日はこの間の件を謝りたくて来たんです」

「いえ、そんな結羽木さんが頭を下げるようなことは何も」

「あります。どうか俺のことは勘定に入れずに、『KAJINANA』について考えていただけませんか」

あの時、七穂は砥貴と組みたいと言っていた。砥貴の家事代行業の腕は、七穂が認めて絶賛するほどのもののようだ。性格的にもたぶん合う。結果として砥貴は断りに近いことを言っていたが、あの場に隆司がいなかったら、結果も変わっていたと思うのだ。

「確かに、結羽木さん凄い顔されてましたからね……」

当の砥貴に指摘され、隆司は内心赤面する思いだった。

「面目ないです。申し訳ありません」

「あれで全然気づいてない石狩さんも、罪作りですが」

罪など何もないと思う。

ただ七穂は、目の前の好きなものに集中してしまうだけなのだろう。それでもあの時は初耳なこともあって動揺して、気持ちを抑えられなかった。そんな自分に一番失望した。

「彼女の選択を縛りたくはないんです。それは本当なんです」

砥貴が旧知の友人に向けるように、やや相好を崩した。

「なんだか結羽木さんはナイーブすぎますね。もてそうな感じなのに」

「そうでもないです。面白みもない奴ですから」

隆司は養子として結羽木家に入った。周囲の期待に応えるべく、強固に敷いたレールを走る上で、言い寄ってくる人間はいたが、大抵それは相手の失望とセットだった。

自分が人として色々欠落していることはわかっていても、大きな事件が起きるまで、立ち止まって考えようとしなかった。

恐らく自分は、一回死んで生まれ直したようなものなのだ。

他人のために生きてきた人生は、水島《みずしま》柊一《しゅういち》の死によってすり潰されてなくなった。

そこからもう一度やり直す。人を好きになることすら再出発だった。

その相手が初恋でもあった七穂なのは、巡り合わせにしても幸運なことだったのだろう。

ただ人間として未熟なままでは、手に入らないものも多い。これはそういう報いなのだと思う。

(俺にもっと自信があればよかったんだろうな)

きっとそうすれば、あそこであんなことは言わずにすんだ。ただ相手を引き留めるためだけに結婚なんてカードを切って、無残に断られずにすんだ。

「だからお願いします、真田さん。もう一度考えてください」

「ですから……いえ、わかりましたよ。この先どうなるかはなんとも言えませんけど、私の選択にあなたはいっさい勘定に入れないと誓います。これでいいですか?」

「ありがとうございます。助かります」

「あの猪《いのしし》みたいに突っ走る感じは、別に嫌いじゃないですしね」

もはや自分にできることは、これぐらいしかなかった。

そうやって砥貴の言質を取って酒を飲み、夜更けになって我楽亭へ戻ってきた。幸い七穂はまだ帰宅していなかった。急いでシャワーと着替えを終えた所で、七穂も帰ってきた。何事もなかった顔で出迎えることができた。

七穂は隆司以上の深酒をしてきたようで、言葉少なに玄関の高い上がり框《かまち》をのぼった所で、大きく体がふらついた。

「ちょ、七穂ちゃん！」

大丈夫か。

隆司はとっさに手を伸ばした。倒れてくるその体を受け止めはしたものの、勢いを殺せず七穂ごと柱に背をぶつけた。

痛みはこちらの息が一瞬止まった程度だが、尻もちをついた隆司の腕の中にいる七穂に、怪我はなさそうだ。それだけでほっとする。

快活に動いている時の七穂は高エネルギーの太陽そのものだが、こうやって静かになると素顔の良さがより際立つと思う。どこかエキゾチックな顔立ちに、しなやかな体。彼女は何かと自分を卑下したがるが、この体勢で見ても嫌な要素がどこにもないのはすごいことだと思う。

「……七穂？」

試しに耳の近くで名前を呼んでみた。彼女は返事をしなかったが、こちらにしがみつく腕に力がこもった。恐らく酔っているからだろう。

やわらかい存在が愛しいと同時に、切なくなる。

時間が巻き戻せるなら、あのプロポーズの失言を切り取りたい。せめて店に入る前。そのもっと前。

自分と出会う前にまで巻き戻っても、たぶんこの子はそれなりに道を見つけているはずだという確信はあった。不思議なほどに。

「たとえば俺がさ、社長の話を受けるって言ったら、どうする……?」

「………べつに、いいんじゃないの……」

驚いてその顔を見返したら、彼女は固く目を閉じたまま、「なんでもいい。なんだっていいんだよ」と、優しい声音で繰り返した。

夜の底で柱時計が鳴る。物言わぬ猫だけが、物陰からこちらを見ていた。

＊＊＊

庸子と飲んだ翌日の朝は、最悪の二日酔いで迎えた。

(う、きもちわる――)

七穂は布団にうつぶせの姿勢のまま、思わず口許をおさえた。

あまりの頭痛と不快感に軽くえずきかけたが、胃の中もほぼ空だったようで事なきを得た形だ。まったくめでたくもないのだが。

そんなグロッキーきわまりない七穂を、隣の布団でブッダの涅槃図《ねはんず》のように眺めているのが隆司だった。

「お、おはよう隆司君」

「おはよう」

「私、ちゃんと帰ってこれたんだね……」

隆司が涅槃仏スタイルのまま、小さく片眉を跳ね上げた。

「覚えてないの？」

「ない。たぶん終電で降りてタクシー捕まえたとこまでは、なんとなく覚えてるんだけど……」

それ以降の記憶は、霞《かすみ》がかって記憶の彼方だ。

こうして布団の上で目が覚めたということは、ちゃんと運転手に場所を言え、料金をきちんと払って家の中に入れたということだろう。

だというのに、隆司は黙って反対側に寝返りを打った。

「え、何。ごめん。私なんかした!?」

「……いや、いいんだよ覚えてないなら」

いったいどんな醜態をさらしたのだ。仏の隆司に呆れられるなど、相当なものだぞ。ほぼ昨日でかけた時と同じ格好の七穂に対し、彼は寝間着のTシャツとスウェットパンツ姿だった。たぶん酔って脱いだとか吐いたとか、そういう失態のたぐいではないと思う。ではなんだ、暴言か暴力か。

「ごめん。ほんとごめん」

「いいから支度しな。今日も仕事あるんだろう」

七穂がどれだけ謝っても隆司は詳細を教えてくれず、余計に見限られた気がして泣きたかった。

頭からシャワーを浴び、ウコンとしじみ汁を決めてから仕事に行った。しばらく飲みに行くのも深酒するのもやめようと心に誓った。

数軒のお得意様を訪問し、最後の訪問先は『パインアップル・マンション』――鳴瀬姉弟のところだった。

今日の鳴瀬家は、なにやらひどく騒がしかった。

ふだんクールなうららが浴衣《ゆかた》を着て、乱れた裾《すそ》をおさえて香苗に訴えている。

「お母さん、帯！　なんか引っ張ったら、全部ぐずぐずになっちゃったんだけど――」

香苗がため息まじりに後ろへ回り、膝をついてうららの帯を締め直した。

「自分で直せないなら、いつもの格好の方がいいんじゃないの？」

「やだよ。浴衣で行くって約束しちゃったんだから」

「トイレとかどうするの」

「水飲まない」

「馬鹿言わないの」

いったい何の騒ぎかと思っていたら、琢磨が手招きし、小声で教えてくれた。

「ねーちゃんね、クラスの男子とお祭り行くんだってさ。デートデート」

「うそ。やばいねそれは」

「別にデートじゃない！　須美ちゃんも一緒だし他にもいっぱいいる！」

即座にうららの訂正が入った。しかしそんな彼女の顔は、わかりやすいぐらいに真っ赤である。

あまりの動揺ぶりに、七穂まで内心落ち着かなくなってしまった。よもや相手はあれか、翔斗か。そんなにうまくやったのか、あの少年は。後で奇跡の盆栽マンに感謝するよう、よくよく言ってやらねばと思った。

「琢磨君は、お祭り行かないの？」

「もちろん行くよ。オレは友達と約束してるから」

「いい琢磨！　ぜったい話しかけたりしてくるなよ！　したら殺す！」

「うらら！　言葉遣い！」

間近で香苗にたしなめられたうららが、逃げるように家を出ていった。続いて琢磨の友人たちが、彼を迎えにやってきた。

「琢磨、携帯持った!?」

「持ってるー」

「八時までには帰ってくるのよ！」

玄関に向かって声を張り上げ続けていた香苗も、琢磨が出ていくのを見届けてようやく息をついた。ソファに腰掛け、七穂を見上げる。

「本当、子供が大きくなるのなんて、あっという間ね」

「みたいですね」

「今日は石狩さん、私のためにお夕飯作ってもらえます？」

七穂はもちろん、快諾した。肉と野菜の素材を活かし、薄味でヘルシーな大人ディナーを仕込むことにした。

遠くから祭り囃子《ばやし》が聞こえてきそうな、盆の夕暮れ。鳴瀬家で最後の仕事を終えた七穂は、車で自宅に向かった。

そして『パインアップル・マンション』から我楽亭にいたるわずかの間に、前方の空が何度か閃光《せんこう》のように瞬《またた》いた。

（あれ、ちょっと待って。今、光った――？）

嫌な予感は当たるものだ。運転する車のフロントガラスに、ぽつぽつと雨粒が当たったかと思えば、次の瞬間には一気にどしゃぶりになった。

この時季特有の、バケツをひっくり返したかのようなゲリラ豪雨だった。

「やっぱいな。うららちゃんたち大丈夫か」

あれだけお洒落していたというのに、この急変は可哀想すぎる。ちゃんと安全なところに避難できているといいのだが。

七穂も他人様《ひとさま》の心配をしている場合ではなかった。車が我楽亭の駐車場にたどりつく頃には、路上を雨水が川のように流れ、雷は切れかけの蛍光灯のごとく明滅を繰り返した。

「傘忘れた。ちくしょー！」

覚悟を決めて運転席を出て、仕事道具が入ったトートバッグを傘がわりに、浅い池と化した駐車場をダッシュした。

無呼吸で母屋の玄関にたどりついて、びしょ濡れの手で引き戸を開ける。わずか数十メートルの移動でも、結構な濡れ具合だった。とりあえず手持ちのタオルで手足だけ拭いて上がりこむと、より衝撃の光景が待っていた。

(ぜ、全開!)

縁側のガラス戸がフルオープンで、好きなだけ雨が吹き込んでいた。

またもダッシュで戸という戸を閉め、濡れた縁側を拭いて回った。

「結羽木隆司ー!」

文句を言うべきは、在宅で仕事をしている隆司だった。雨が降り出したのも母屋の窓が開いているのも知っているだろうに、放置とは何事だ。

離れの洋館に殴り込みに行ったら、ドアの向こうで人の話し声が聞こえた。

(……なに、映画?)

英語だったので洋画を疑ったが、違う。この声は隆司だ。米国生まれな彼の語学力は、ほぼネイティブなみだった。

恐らくイギリスにいる会社の人と、リモート会議中なのだろう。今の時間帯、ロンドンはちょうど始業時間にあたると聞いている。

仕事で席を外せないというなら、仕方なかった。怒りにまかせてドアをぶち破らないでよかったと思う。

納得できるわけではないが、いったん濡れたタオルを片手に、母屋へ引き返すことにした。

「——Ok, I'm going to London.」

背を向けた瞬間、偶然耳が拾ったワンフレーズ。七穂は反射的に振り返った。何ヶ月か毎日ポッドキャストの英会話講座を流し続けていても、ドア越しで発音も明瞭《めいりょう》でない会話の片方から得られたのはこの部分ぐらいだった。でも、確かに言っていたと思う。ロンドンに行きますと。

心臓の鼓動が、勝手に速まる。裸足の足が震えそうだった。

これは七穂が、アクセルとブレーキを踏み間違えたせいか。怖がって訂正も確認もしなかったせいで、相手は切り替えて次の道を進みだしてしまったのか。昨日の酒癖の悪さがダメ押しになったのか。

(どれもだよ！)

何を今さら震えている。ここにいたる理由はいくらでもあったのに、慌てたところで遅いだろう。

「——うわ、七穂ちゃん!?」

ミーティングを終えたらしい隆司が、書斎のドアを開けるなり大声を上げた。

無理もない。ここにいるのは濡れた体よりも縁側を拭くのを優先した女だ。それが狭い渡り廊下の真ん中に立っていたのだ。最低限の化粧は日焼け止めと一緒に流れ落ち、癖毛は湿気でからまり、顔面は蒼白。さぞや恐ろしい有様だろうという確信はあった。

でも、でもだ。

「どうしたの、傘持ってなかったの――？」

「……君はイギリスに行くの？」

呟きと一緒に、表の空が光った。七穂は一歩中に踏み込んだ。

「今そう聞こえたんだけど。そうなの？」

「うん」

うなずいたその顔面に、濡れたタオルを投げつけていた。

「嘘つき！　この薄情者！　どこにも行かないって言ったくせに！」

「それは」

「放さないって言ったじゃない！　また私のこと一人にして……」

言葉につまって、胸がつまって、先にあふれてきた涙を乱暴にぬぐった。

隆司を失うこと。それは我楽亭での穏やかな日々を失うこととイコールだった。楽園がなくなり、たった一人でどうやって走れと言うのだろう。

仕事を一人で模索するのは、まったく怖くない。仲間を探して戦うことだってできる。でも、隆司と猫がいるこの暮らしを失うのは辛いのだ。

「ごめんね。ごめんなさい」

どうしてもっと言葉を尽くさなかったのだろう。この人にもわかるように、伝わるように、あなたといた日々が、どれだけ自分の力になっていたか、ちゃんと言葉に出していたら何か変わっただろうか。

「なんで七穂ちゃんが謝るの」

「後悔してるから」

「結婚したくないって言ったこと？　でも、君は嫌だったんだよね」

「嫌じゃない。ただびっくりしただけ。私は……君と別れる方がもっとやだ」

涙を流している間、隆司が困惑しているのが伝わってきた。

やがてぎこちなくこちらの肩に触れ、涙に濡れたこちらの頬をぬぐってくれた。

「謝るのは俺の方だよ……今度こそ愛想つかされたと思ってたから」

「そんなことしないよ、私――」

「そうみたいだね。ごめん、参った。本当にありがとう」

七穂は訊ねた。

「本当にイギリスに行くの？」

人には仕事に口出しされたくないと言っておきながら、これはずるい質問だと思う。でも、日本と英国は遠すぎるだろう。

「社長にずっと誘われてたんだよ。俺もサポートや便利屋以外の仕事もやれるようにしたいんだ」

「寂しすぎるよ。ちゃみ様と一緒にずっと待ってろってこと？」

「……出張で一ヶ月の約束なんだけど、それでも駄目だった？」

「え、出張？」

移住ではなく？

「そういう話をしていたはずなんだけど……」

だめだ。全然だめだ。まったく知らないというか、聞き取れなかった。

（つまりどういうこと？）

近くにいる隆司の目が、今になってまともに見られない。自分の乏しすぎる英語力のせいで、とんでもない勘違いをしていたことが判明してしまった。

「……マジで英会話スクールに行くしかないかも……」

しかも激高して投げつけたの、縁側を拭いたタオルって。

怒られてもおかしくないのに、隆司はふっと小さく笑った。

「でも、これではっきりしたよね。俺に国外移籍はありえないって。そうでしょう、

Did you see that, boss?」

彼は最後、七穂ではなく横に向かって言っていた。

なんとデスク上のパソコンが、ついたままだった。しかもリモートのミーティングも継続中のようで、画面には恰幅のいい白人の男性が映っている。あの、ストリートピアノの動画で、隆司に絡んでいたＩＴ社長だ。

「うそ、まだやってたの!?」

てっきり会議が終わったから、出てきたのだと思っていたのに。

「すみません、大変お邪魔しました。Sorry. 失礼します――」

「いや、いいよ七穂ちゃん」

慌てて部屋を出ようとした七穂を、隆司が引き留めた。

「でも」

「たぶんこの方が話が早い」

そこからこちらの腰に手を回したかと思えば、いきなりキスをしてきた。

口を塞がれて一瞬パニックになりかけたが、隆司は案外強引でホールドした手を放さなかった。

そして画面のおっちゃんはといえば、口を大きく開けて度肝を抜かれた後、喜びのスタンディングオベーションになり、何やら手を叩きながら祝いの言葉を叫んでいた。

よくやった、おめでとうタカシ。たぶんそんなニュアンスだったと思う。

＊＊＊

それから二週間後。七穂は真田砥貴を『ＫＡＪＩＮＡＮＡ』の正式なメンバーに迎え入れた。

交渉の詳細は省くが、契約書の判子を押したのは、開店前の砥貴の店だった。

カウンターに二枚の契約書を置いて署名をし、一部は砥貴に、もう一部は七穂自身で保管することになる。

バーテンダー姿で隣のスツールに座っていた砥貴は、あらためて七穂に右手を差し出した。

七穂はそれを、強く握り返した。

「では。せいぜい稼ぎましょう」

「負けないから」

同じ仲間とはいえ、『ＫＡＪＩＮＡＮＡ』の代表で名前を冠しているのは七穂の方だ。いきなり売り上げで負けることだけは避けたかった。

「どうします、この後。一杯飲んでいきますか？　今日ぐらいは私が奢りますよ」

「ううん、いいよ。帰って食べるから。彼も明日早いんだ」

「ロンドン行ってくるんでしたっけ、彼ピ」

その通りだが、いい加減ピはやめてくれと思った。

砥貴は初《しょ》っぱなから痴話ゲンカに巻き込まれたようなもので、本当に申し訳ないことをした。あれからあらためて隆司と話し合って、「七穂ちゃんは好きなことをやるべきだ」と了承も取った上で、今回の話を受けてもらったのである。

不思議なのはこちらが再交渉に来るのを、砥貴がなんとなくわかっていたような節があるところだ。店に顔を出した時から笑っていた。こういうのもカンが鋭いというのだろうか。

「いっそ本気で結婚しちまえばいいのに。その方が安心だ」

「それやるには未熟すぎるよねえ、うちら」

隆司と話し合う中で、一つだけ約束をした。

お互いがお互いを縛る必要はなく、我楽亭はこれからも自分たちが羽を休める大事な場所だ。でももし戻ってくる場所に特別な意味や名前が必要になったら、その時はちゃんと結婚しようと。

今はそれでいい気がする。

「じゃ、またね」

自分の契約書を鞄に入れると、足取り軽く『Pot』を出た。

隆司は出国したら一ヶ月は帰ってこないそうなので、ゆっくり食事ができるのは今夜ぐらいなのだ。

駅前で食材その他の買い物をしてから、バスに乗って我楽亭に帰ってきた。

(う、重い)

調子にのって買いすぎてしまった日用品その他が、肩や指にのしかかる。玄関の上がり框に買った袋を載せて、靴を脱いだ。

最近は母屋の方にも一部冷房が導入されたので、家の中もかなり快適になった。

隆司はまだ寝る部屋で荷造りをしていた。

「あ、七穂ちゃん。契約終わった?」

「終わったけど、そっちは大丈夫なの」

「ちょっとほら、猫が」

「猫か……」

パッキング途中のスーツケースの上で、ちゃみ様が香箱《こうばこ》座りでくつろいでいる。

「なんでだろう。どかしてもどかしても乗るんだよ」

「隆司君とイギリス行きたいのかね……ううん、単に箱があるからだね」

この、いつもとちょっと違う非日常感がいいのだろう。

まるでこちらの会話を聞いているかのように、ちゃみ様はけだるげな顔でにゃあと鳴いた。

「……まあ、最悪パスポートとスマホとクレジットカードさえあれば、なんとかなると思ってるんだけど」

「嫌な開き直り方だね」

「事実だよ」

今度は放浪バックパッカーではなくビジネス目的での渡英なのだから、もう少し文明的な旅にしてほしかった。

「そうだ、隆司君。君も薬とお手拭きぐらいは持ってくよね。ウエットティッシュの在庫もうなかったから、ドラッグストア寄ってきたよ」

「え、あったよウエットティッシュ」

不思議そうに言われた。そんなまさかと思った。

「ほら」

しかし実際に荷物の下から、携帯用の新品を見せられてしまった。本当だった。

「おかしいな、朝に引き出し見た時はなかったような……」

「両方の置き場所見た？　常備薬は薬箱、除菌ティッシュは絆創膏《ばんそうこう》とかと一緒に、二番目の引き出しだよ」

「あ、それだ！」

思わず隆司を指さす。

手狭になって場所を分けたのは自分なのに、すっかり忘れてしまっていた。

「参ったね、隆司君の方が詳しくなるなんて」

「全部撮ってあるからね」

「……撮る？　本当に？」

「うん」

なんでも隆司は家にある収納場所――物置や引き出し、棚という棚を全部写真に撮ってみたそうな。そして画像データとしてまとめてあるのだという。

掃除用品、洗濯用品、衛生用品にキッチン用品と、タグ付け済みの画像を検索すれば、どこに何があるかすぐにわかるらしい。

「たとえばこれね」

例としてスマホ内を検索させてもらったが、大量の収納場所の画像をタグで絞り込めるので、かなり優秀なツールだと思った。

「仮にハサミが欲しくて、文房具で検索したとするよ？　書斎の引き出しと台所の鉛筆立て周りと、寝室の箪笥の一番上が出てくる。だからまずこの三つを探す」

「新しく何かが追加されたら、タグをまた足すってこと？」

「そういうことになるね。俺、物覚え悪いからさ」

さらりと言うが、何事も視覚化と言語化が大事な隆司は、こうやって自分なりに工夫を重ねてきたのだろう。

（そうだよね、君だって必要だからやってきたんだ）

長じて彼がシステムで解決する技術者の道に進んだ意味も、なんとなくわかった気がした。

面白くて片っ端から検索してしまうが、意外なものが意外な収納場所と紐付けされていて、七穂としても今さらながらの気づきが多かった。

「食器で検索したのに、食器棚と物置と天袋が出てくるのはなんで……」

「普段使いのと、じいさんの遺品や骨董品で分散してるからだと思う」

「それは効率悪いわ。せめて台所と物置だけに集約しよう」

客観的に家の動線を見ることができて、置き場を見直すいい機会にもなりそうだった。

「いいなあ、これ。私もド忘れしやすいし、私用にも欲しいぐらい」

「ならクラウドに上げて、共有できるようにしておくよ」

「わお。ありがと」

「七穂ちゃんも、気づいたら更新して」

きっと二人がかりで手を入れていったら、かなり精度の高いものが仕上がるだろう。

我楽亭の収納アップデートだ。

ロンドン行きを前にして、こんな形の置き土産をしていってくれるとは思わなかった。

「隆司君はこういうの強いし、偉いよね。ほんと、得意分野が違う人と暮らすのって——」

「面白い？」

重ねるように、隆司が言った。

こちらを見る目が笑っている。

「——取るな、人のセリフを！」

「ごめんごめん」

実際あまり悪いとも思っていないだろう。ふてぶてしくなってくれたものだ。

「もういいわ。私は夕飯作ります」

「そこはお願いします」

「隆司君は、今のうちに荷造りやっちゃいなよ」

「猫の気が変わらないとなあ……」

そこは自分でなんとかしてくれ。ちゃみ様というラスボスに挑みはじめた隆司を置いて、七穂は台所へ向かった。

さて。石狩七穂は石狩七穂の、得意に取りかかるのだ。

家用のエプロンをつけて気合いを入れると、冷蔵庫のドアを開けた。

（さっきスーパーで海老買ったから、これで海老フライ作るのは決定。生のトウモロコシは、見かけると買っちゃうんだよね。炊き込みご飯は前にやったから、今回はリゾットにしよう。で、副菜は夏野菜なんでもぶちこんでラタトゥイユ。いいねいいね、これで行こう）

隆司もしばらくいなくなるし、冷蔵庫の中身はさっぱりさせておきたい。

まずは煮込みに時間がかかるラタトゥイユからだった。

ニンニクはみじん切り。続いて茄子、人参、玉ネギ、ズッキーニ、パプリカにトマト。このあたりは大きめにざく切りにする。

本来なら分厚いホーロー鍋でことことじっくり行きたいところだが、今回は主食とメインでガス台が埋まるのは、わかりきっていた。圧力鍋でさくっと作ってしまうのも手だが――。

「今回はこれよ……炊飯器！」

米をフライパンで調理するので、炊飯器がまるまる空くのだ。こちらを使おう。
内釜に切った野菜や薬味を入れ、オリーブオイルを一回し。ローリエとコンソメ、さらにクレイジーソルトをぱらぱらと振り入れれば、後は蓋をしてスイッチオン。炊き上がる頃には、くたくたで味が染み染みのラタトゥイユができあがっているはずだった。手軽な上に釜いっぱい作れる点で優秀だが、本当に米が炊けないことだけが難点なのである。

こちらは完全に炊飯器任せでいいので、引き続きリゾットに取りかかろうと思った。
トウモロコシの皮と髭をとり、包丁で実をこそげ取る。
みじん切りにした玉ネギをバターで炒め、そこに米とトウモロコシを入れてさらに炒めた。

お湯を足し、しばらく煮込んで水気がなくなってきたら追いバターと粉チーズ。塩と黒コショウで味を調えたら、トウモロコシのリゾットのできあがりだ。

ちなみにこのリゾット、簡単な上にライスコロッケの具にしても大変おいしかったりする。

なのでこういう時は必ず多めに作り、丸めて小麦粉と卵とパン粉をはたいて冷凍してしまうことにしている。特にほら、今日のように別件でフライを作る用事がある時はうってつけなのだ。

（どうせ用意するものは一緒だしね……ちゃちゃっとね。ちょちょっとね）

ライスコロッケの方をまぶし終えたら冷凍庫に移し、引き続いて海老の方にも小麦粉からパン粉まで順々にまぶしていった。

海老は百八十度に熱した油で、からりと揚げる。ほどよくキツネ色になったら引き上げて、油を切った後に皿へ盛り付けた。

冷蔵庫に作り置きの煮卵が残っていたので、この際タルタルソースも作ってしまうことにした。細かくみじん切りにした後、リゾットの残りの玉ネギとマヨネーズで和えれば、できあがりだ。煮卵の方にしっかり味がついているので、これだけで余計な味付けはいらないのである。

そうこうしているうちに、炊飯器のラタトゥイユも炊き上がったようだ。

「どれどれ……」

蓋を開けるとそこはご飯ではなくイタリアン。ニンニクとハーブとオリーブオイルのかぐわしい香りが立ち上る。内釜の中で夏野菜たちが、こっくり柔らかく煮込まれていた。

軽く味見をしてみるが、大量に入れたトマトの酸味が、濃縮した旨みに変わっているのがよくわかる。もう少し塩気が欲しかったので、塩を足してできあがりとした。

残ったぶんはソテーのソースにしたり、パスタに絡めても最高だろう。

それぞれ器に盛り付けて、ちゃぶ台に持っていった。

「お、もうできたんだ」

隆司も茶の間に顔を出す。

「できたよー。ワインの準備お願いできる？」

「了解」

しばらく控えていたお酒も、今日は解禁にした。

料理はＯＫ。カトラリーと取り皿もセット完了。隆司がなかなか戻ってこないと思いきや、見覚えのないワイングラスを出してきた。

「何、そのやけに高そうなの」

「検索したら、まずこれが出てきたんだけど。天袋に入ってた」

「君のお祖父さんが残した奴だな……まあいいや。綺麗だし」

恐らく結羽木勝《まさる》氏が、趣味で集めていたコレクションだろう。普段使いは食器棚の一番下に入れてあったのだが、死蔵させておくよりはずっといい。

問題はスーパーで買ったチリ産白ワインが、完全に値段負けしそうなことぐらいだ。

そういう感じのクリスタルの輝きであった。

脚の高いグラスにワインを注ぐと、ちゃぶ台がかつてないレベルで華やいで見えた。

作った料理も、我ながらおいしそうだった。

「ちょっと待って、食べる前に写真撮っていい？」

「構わないけど」

「一分だけ待ってね、一分」

ふだんやっているSNS用に、ちゃぶ台の料理を撮る。まだ隆司と同棲する前、彼が放浪している頃に始めたプライベートアカウントだが、すでに作ったものの備忘録と化していた。

ついでに向かいにいる隆司のことも、素早く一枚だけ撮った。

「待ってよ、それまさかネットに上げる気？」

「しないしない。撮っただけ」

ただ七穂が欲しいから、ボタンを押したのだ。構えたところのない表情は、ふだんの隆司をそのまま切り取ったような気がして嬉しかった。

きっと一月たって戻ってきた時、また違う部分が見えるだろう。それを今から楽しみにしていようと思った。

「なら俺も、君の写真撮ってもいい気がしてきた」

「後でね。変な奴は消させてもらうけど」

「検閲《けんえつ》厳しいなあ」

まずは食べよう。せっかくの熱々が冷めてしまう。

七穂はあらためて、ワイングラスを手に持った。

閉じた窓の向こうでは、虫が鳴く頃合いだろうか。日中はまだまだ暑い日々が続くが、夜は少しずつ秋に切り替わろうとしていた。

「それじゃ、隆司君の新しいお仕事に」

「七穂ちゃんの新生『KAJINANA』に」

乾杯。

お互いグラスを重ねる。高く澄んだ音が響いた。

あとは作った料理に舌鼓を打つ。


『トウモロコシのリゾット。コンソメもなしにこの旨みはすごいぞ』

『メインは海老のフライ。タルタルソースから作りました。油跳ねがめっちゃ怖かった！』

『炊飯器ラタトゥイユ。野菜がいっぱい取れて、しかもお手軽だ』

『どれもこれもワインに合いまくり！』

アカウントネーム『猫と肉じゃが』より。


後から記録を見返しても、食べ物の写真とコメントばかり。

でも誰と食べたか思い出せる。おいしいお酒と、できたての食事と、それを共有できる相手がいるから、石狩七穂は明日もがんばれる。これは断言してもいいと思うのだ。

困った時に！
KAJINANA
つくりおきレシピ

レトルトカレー焼きそば

材料・2人分

市販の焼きそば麺……2玉　付属のソース……2袋　レトルトカレー……2袋
人参……40g　キャベツ……100g　もやし……1／2袋　サラダ油……大さじ1／2

作り方

①人参は細切り。キャベツはざく切りにする。
②フライパンにサラダ油を熱し、人参とキャベツともやしを軽く炒める。焼きそば麺を入れ、水大さじ1〜2（分量外）を振り入れ、ほぐしながら炒める。
③付属のソースを入れ、全体にソースが行き渡ったらレトルトカレーを入れ、野菜から出た水分を飛ばすように軽く炒めたらできあがり。

七穂の一言メモ
フライパンが小さい時は、1袋ずつ試してみて！

ツナとなめ茸の炊き込みご飯

材料・3〜4人分

米……2合　ツナ缶……70g（1缶）
瓶入りなめ茸……120g
人参……40g
インゲン……4本

A
醤油……小さじ1
みりん……小さじ1
酒……小さじ1

作り方
①米を洗って炊飯器の内釜に入れる。
規定量の水に30分ほど漬けておく。
②①から大さじ1の水を取りだし、かわりにAを入れ、軽く混ぜる。
③②となめ茸、油を切ったツナ、刻んだ人参、インゲンを入れ、
混ぜずにそのまま炊く。炊き上がったら軽く混ぜてできあがり。

七穂の一言メモ　冷凍できます。焼きおにぎりにしてもおいしいよ！

中華煮卵

材料・4人分

卵……4個

A
醤油……大さじ1　オイスターソース……大さじ1
みりん……大さじ1　水……大さじ2

作り方
①小さめの鍋にお湯を沸かす。卵を冷蔵庫から取り出し、
殻の丸い方に画鋲や針などで穴を開ける。
②お湯が沸いたら卵をそっと入れ、7分茹でる。
③茹だったら冷水で冷やし、殻をむく。
ビニール袋にAを入れて混ぜ、卵を漬け込む。
④たまに向きを変えつつ、
冷蔵庫で1〜2時間ほど漬ければできあがり。

七穂の一言メモ　黄身をもっと半熟にしたかったら、6分半で！

本書は書き下ろしです。

石《いし》狩《かり》七《なな》穂《ほ》のつくりおき

猫《ねこ》は仲間《なかま》を募《ぼ》集《しゅう》中《ちゅう》

竹岡《たけおか》葉月《はづき》

2025年1月5日初版発行

発行者……加藤裕樹
発行所……株式会社ポプラ社
〒141-8210 東京都品川区西五反田3-5-8
JR目黒MARCビル12階

フォーマットデザイン 荻窪裕司(design clopper)
組版・校閲 株式会社鷗来堂
印刷・製本 中央精版印刷株式会社

落丁・乱丁本はお取り替えいたします。
ホームページ（www.poplar.co.jp）のお問い合わせ一覧よりご連絡ください。

ポプラ文庫ピュアフル

ホームページ www.poplar.co.jp

N.D.C.913/252p/15cm
ISBN978-4-591-18505-6
P81111393

『おいしいベランダ。』の著者が贈る、
心も体も満たされる、おとなの夏休み物語。

竹岡葉月
『石狩七穂のつくりおき
薬猫と肉じゃが、はじめました』

装画：前田ミック

派遣切りにあい求職中の七穂は、疎遠になっていた親戚の隆司が鬱で休職したと聞く。エリート街道まっしぐらのイケメンだった隆司だが、今や祖父の残した古民家に閉じこもり、盆栽いじりと居ついた猫の相手をするほかは、万年床で寝るばかりのとぼけた青年になり果てていた。抜群の家事能力を生かし隆司のお食事&見守り当番として奮闘する七穂だが、やがて彼が休職した本当の理由を知り……。心もおなかもやさしく満たされる、好評シリーズ第1弾。巻末レシピつき！

心も体も元気になれるお料理に囲まれた、
ふたりと猫の古民家暮らし。

竹岡葉月
『石狩七穂のつくりおき
家事は猫の手も借りたい？』

装画：前田ミック

四季折々の植物が生い茂り、猫が訪れる古民家・我楽亭で、隆司と暮らしはじめた七穂。抜群の家事能力を生かして立ち上げた家事代行サービス「KAJI－NANA」にも、「対等で完璧な折半」を目指す共働き夫婦や、幼い娘のために亡くなった妻のカレーの味を再現してほしいという夫などから、さまざまな依頼が舞い込んでくる。目下の悩みは仕事に理解のない母・恵実子との関係だが、思いがけず母の過去を知り――。心を満たすおいしい料理満載の好評シリーズ第2弾、巻末レシピつき！